CRIME
ET
CHATIMENT

DRAME EN SEPT TABLEAUX

Tiré du Roman Russe de **DOSTOÏEVSKY**

PAR

PAUL GINISTY & HUGUES LE ROUX

PARIS

…UL OLLENDORFF, | E. PLON, NOURRIT ET Cie

…bis, RUE DE RICHELIEU. | RUE GARANCIÈRE, 8 ET 10

1888

CRIME & CHATIMENT

DRAME EN SEPT TABLEAUX

Représenté pour la première fois, à Paris, sur le théâtre national de l'ODÉON, le samedi 15 septembre 1888.

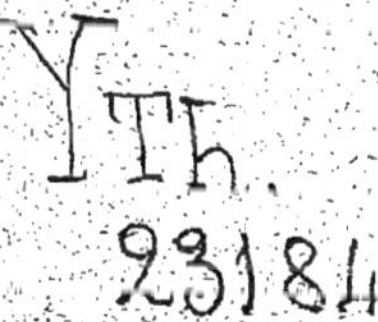

OUVRAGES DE DOSTOÏEVSKY

ÉDITÉS PAR LA LIBRAIRIE E. PLON, NOURRIT ET Cie

LE CRIME ET LE CHÂTIMENT, 2 volumes	7 fr. »»
HUMILIÉS ET OFFENSÉS, 1 volume	3 fr. 50
L'ESPRIT SOUTERRAIN, 1 volume	3 fr. 50
LES POSSÉDÉS, 2 volumes	7 fr. »»
KROTKAIA, 1 volume	3 fr. 50
SOUVENIRS DE LA MAISON DES MORTS, 1 volume	3 fr. 50
L'IDIOT, 2 volumes	7 fr. »»
LE JOUEUR ET LES NUITS BLANCHES, 1 volume	3 fr. 50
LES PAUVRES GENS, 1 volume	3 fr. 50
CELLE D'UN AUTRE, 1 volume	3 fr. 50
LES FRÈRES KARAMAZOV, 2 volumes	7 fr. »»

Imprimerie générale de Châtillon-sur-Seine. — A. PICHAT.

CRIME

ET

CHATIMENT

DRAME EN SEPT TABLEAUX

Tiré du Roman Russe de **DOSTOÏEVSKY**

PAR

PAUL GINISTY & HUGUES LE ROUX

PARIS

PAUL OLLENDORFF, 28 *bis*, RUE DE RICHELIEU.

E. PLON, NOURRIT ET Cie RUE GARANCIÈRE, 8 ET 10

1888

Il a été tiré de cet ouvrage 10 exemplaires
sur Hollande
numérotés à la presse de 1 à 10.

A SON EXCELLENCE

MONSIEUR LE BARON DE MOHRENHEIM

AMBASSADEUR DE RUSSIE A PARIS

AU LETTRÉ DÉLICAT

Nous offrons, avec l'hommage de nos profonds respects, cette tentative d'adaptation d'un chef-d'œuvre russe à la scène française.

HUGUES LE ROUX.
PAUL GINISTY.

MON CHER POREL,

Vous avez apporté à recevoir cette pièce de Crime et Chatiment, *dont l'étrangeté psychologique ne vous a pas effrayé, une bonne grâce dont nous avons à cœur de vous remercier.*

Vous l'avez montée et mise en scène avec votre expérience consommée et votre goût d'artiste, — un dévouement amical qui vous assure toute notre reconnaissance.

H. L. R.
P. G.

PERSONNAGES

RODION, étudiant	MM.	PAUL MOUNET.
PORPHYRE, officier de police.		COLOMBEY.
MARMÉLADOFF, conseiller titulaire . . .		MOMBARS.
RAZOUMIKINE, étudiant		MARQUET.
POLOFF, étudiant.		DALTOUR.
MIDKA, ouvrier maçon		JAHAN.
UN OUVRIER peintre.		DUPARC.
UN CABARETIER		FRÉVILLE.
UN JUGE D'INSTRUCTION.		VANDENNE.
UN GREFFIER		TALDY.
SONIA, fille de Marméladoff.	Mmes	A. PANOT.
DOUNIA, sœur de Rodion		SANLAVILLE.
CATHERINE-IVANOVNA, femme de Marméladoff		RAUCOURT.
ALÉNA, usurière		CROSNIER.
NASTASIA, servante		MERCÉDÈS.
UNE FILLE ALLEMANDE.		FLEUR.
VÉRA		Petite RÉGIS.
UN PETIT GARÇON.		Petit PAUL.

BOHÉMIENNES, GARÇONS, BUVEURS.

Pour la mise en scène, s'adresser à M. FOUCAULD, régisseur général du théâtre de l'Odéon.

CRIME ET CHATIMENT

PREMIER TABLEAU

La scène représente un traktir, cabaret, dans un quartier populaire de Pétersbourg. — A droite, le comptoir du cabaretier. Tables à droite et à gauche. — Au fond, une porte qui, lorsqu'elle s'ouvre, laisse voir un paysage de neige. — Images saintes dans les angles. Au lever du rideau, le cabaretier et ses aides vont d'une table à l'autre, servent les consommateurs. Une bande de bohémiennes achèvent de danser un pas sur un air d'accordéon. Puis elles font la quête dans les groupes.

SCÈNE PREMIÈRE

MARMÉLADOFF, PORPHYRE, LE CABARETIER, LES GARÇONS.

Marméladoff occupe la table située sur le devant. Il a près de lui une bouteille de bière. Il semble se réveiller brusquement, fait claquer ses doigts, écarte ses bras. Il est ivre et reprend grotesquement le refrain de la chanson qui vient de finir :

MARMÉLADOFF.

Hé, pauvre homme tu ne ris
Que lorsque tu te sens gris !

Parlé.

LE CABARETIER.

Eh! là-bas! silence!

MARMÉLADOFF, irrité.

Comment, silence?

PORPHYRE, il se lève, s'avance sur le devant de la scène, regarde Marméladoff, et se tournant vers le patron.

Laissez-le chanter.

MARMÉLADOFF.

A la bonne heure, voilà un homme de goût.

PORPHYRE, vient s'asseoir à une table placée en face de la table de Marméladoff. Il dit avec une bienveillance ironique.

Continuez donc, monsieur, j'adore la musique.

MARMÉLADOFF, se lève et vient s'asseoir à la table de Porphyre.

Serait-ce une indiscrétion de ma part, monsieur, que d'oser entrer en conversation avec vous?

PORPHYRE.

Comment oser?

MARMÉLADOFF.

Oui, car bien que nous soyons ici dans un vilain endroit, mon œil exercé reconnaît en vous un homme bien élevé et non un pilier de cabaret. Or, personnellement, j'ai toujours fait grand cas de l'éducation unie aux qualités du cœur... J'appartiens du reste au Tchin...

PORPHYRE, ironiquement.

Je m'en serais douté!

MARMÉLADOFF.

Permettez-moi de me présenter : Marmeladoff, conseiller titulaire. — Puis-je vous demander si vous servez?

PORPHYRE.

Certainement. Je suis fonctionnaire comme vous.

MARMÉLADOFF.

C'est bien ce que je pensais, monsieur. (Il porte son doigt à son front d'un air capable.) J'ai du flair... Et maintenant que la présentation est faite et que, vous le voyez, vous pouvez sans déroger heurter votre verre contre le mien, oserai-je vous proposer de faire venir un pot de bière... Toutefois je dois vous prévenir loyalement que je ne possède pas un kopeck. La pauvreté n'est pas un vice, et je sais que l'ivrognerie n'est pas non plus une vertu, c'est tant pis... Permettez-moi de vous poser une question... Oh! par simple curiosité... Avez-vous, quelquefois passé la nuit sur la Néva, dans les bateaux de foin?

PORPHYRE, souriant.

Non, cela ne m'est jamais arrivé!

MARMÉLADOFF.

Eh bien, moi, monsieur, c'est la cinquième nuit que je couche là.

PORPHYRE, à part.

Drôle de corps!

MARMÉLADOFF.

Voyez les brins de paille que j'ai encore dans les cheveux... Vous n'imaginez pas la poussière qu'il y a là dedans, et comme cela donne soif.

PORPHYRE.

Au fait, c'est vrai, on nous oublie. (Appelant.) Garçon!

UN GARÇON, du comptoir, impatienté.

Attendez donc une minute. On n'a pas que vous à servir.

PORPHYRE.

Eh! que diable voilà un quart d'heure que nous attendons.

LE CABARETIER, au garçon à demi-voix.

Fais donc attention, toi, tu ne reconnais donc pas ce client-là?

LE GARÇON.

Non.

LE CABARETIER.

C'est Porphyre Pétrowitch, l'officier de police.

LE GARÇON.

Aïe!

Il sert Marméladoff et Porphyre.

SCÈNE II

LES MÊMES, RAZOUMIKINE, POLOFF.

RAZOUMIKINE.

Garçon, du thé!

Il s'assied avec Poloff à la table qui fait face à celle de Porphyre.

POLOFF.

Brrr... Il fait plus chaud ici que dans la rue.

LE GARÇON.

Voilà, messieurs.

RAZOUMIKINE.

Vous n'avez pas vu un Rodion Romanowitch ce soir?

LE GARÇON, *cherchant à se souvenir.*

Rodion Romanowitch...

POLOFF.

Oui, un étudiant, un grand blond maigre, qui porte une casquette... une figure pâle.

RAZOUMIKINE.

Il a toujours l'air de tomber de la lune quand on lui parle.

MARMÉLADOFF, *se retournant.*

De la lune?

PORPHYRE.

Pardon, messieurs, Rodion Romanowitch Raskolnikoff? l'auteur de cet ingénieux article, « le droit au meurtre » paru ces jours-ci dans la *Parole Hebdomadaire.*

POLOFF.

Oh! c'est un joyeux paradoxe.

RAZOUMIKINE.

Hé, hé. Je ne sais si cela est si plaisant que tu dis! Pour ma part, je ne serais pas surpris que Rodion ait tout simplement écrit ce qu'il pensait. Bien entendu il ne s'agit pas de mettre cette théorie en pratique.

PORPHYRE.

Oui, ce ne sont que des paroles, mais ces paroles-là m'ont causé une singulière impression... Il y a dans cet article des choses qui font lever l'oreille à un policier... j'entends à un policier qui se mêle d'être un peu philosophe... Je ne serais pas fâché de faire la connaissance de votre ami.

RAZOUMIKINE.

Vous n'avez donc qu'à rester, nous attendons Rodion ce soir. Nous lui avons donné rendez-vous ici, car on ne le voit plus à l'Université. Il passe ses journées couché sur son divan, les yeux au plafond, à attendre que la fortune vienne accrocher sa jupe à son porte-manteau.

POLOFF.

Et elle le fait languir.

RAZOUMIKINE.

Il avait bien mauvaise mine la dernière fois que je l'ai vu. La fièvre, les yeux grands comme cela...

POLOFF, *riant.*

Ces médecins en herbe, ils découvrent partout des malades.

RAZOUMIKINE.

Non, non, je parle sérieusement. Et cela me chagrine de voir Rodion s'exalter, à tout propos, comme il le fait depuis quelque temps.

POLOFF.

Il est vrai que pour lui demeurer attaché il faut avoir l'amitié robuste.

PORPHYRE.

Rodion Romanowitch est peut-être dans une situation difficile.

RAZOUMIKINE.

Oui, sa mère est veuve, sa sœur institutrice dans le gouvernement d'Orel. C'est à grand'peine que les deux pauvres chères femmes lui envoient quelque argent. Rodion a honte de vivre à leurs crochets, et, pourtant il ne se décide pas à se mettre au travail.

POLOFF.

Ce n'est pas qu'il soit paresseux.

RAZOUMIKINE.

Non, mais il consume toutes ses forces dans des rêveries et d'inutiles révoltes contre la destinée.

MARMÉLADOFF.

Comme je le plains et comme je le comprends. Il y a des gens qui me disent : Pourquoi ne sers-tu pas puisque tu es fonctionnaire? Pourquoi je ne sers pas, monsieur? Ah! croyez-le bien, mon inutilité est un chagrin pour moi.

SCÈNE III

LES MÊMES, RODION.

RODION, entre et absorbé dans sa rêverie, s'arrête au milieu du cabaret.

Oui, l'homme a tout entre les mains et il laisse tout lui échapper, uniquement par poltronnerie. C'est un axiome. Je serais curieux de savoir de quoi les gens ont le plus peur? Ils craignent surtout ce qui change leurs habitudes.

POLOFF.

Tenez, le voilà.

PORPHYRE.

Ah! c'est lui?

RODION, sans les apercevoir.

Je bavarde beaucoup trop. C'est parce que je bavarde que je ne fais rien. Voilà tout un mois que j'ai pris l'habitude de bavarder, couché durant des journées, dans un coin, l'esprit occupé de choses chimériques.

RAZOUMIKINE.

N'est-ce pas qu'il a l'air d'un somnambule?

RODION.

Est-ce que je suis vraiment capable de cela? Est-ce que cela est sérieux? — Ce n'est pas sérieux du tout...

Ce sont des balivernes qui amusent mon imagination, de pures rêveries.

POLOFF.

Bonjour.

Il aperçoit ses amis.

RODION.

Tiens, vous voilà, vous autres.

RAZOUMIKINE.

Tu es sérieusement malade, sais-tu cela ? Viens t'asseoir avec nous.

POLOFF.

Ah ça ! qu'est-ce que tu deviens ? Pas millionnaire toujours ! Je vois que tu dépasses encore ton serviteur en élégance.

RODION, retirant sa main.

Tu m'avais dit que tu me cherchais des leçons, as-tu réussi ?

RAZOUMIKINE.

Oui, justement le fils d'un général.

POLOFF.

Te voilà dans les grandeurs.

RAZOUMIKINE.

On te paiera bien.

RODION.

C'est inutile, je ne veux pas donner de leçons.

POLOFF.

Comment !

RAZOUMIKINE.

Tu radotes.

RODION.

Adieu.

POLOFF, à Porphyre en revenant.

Voilà l'homme !

RAZOUMIKINE, lui prenant les mains.

Voyons, Rodion, qu'est-ce qui te prend, tu m'as demandé un service, je t'annonce que j'ai réussi et voilà comme tu me reçois... pourquoi es-tu venu ?

Il l'entraîne sur le devant du théâtre.

RODION.

Je suis venu à ton rendez-vous parce que je ne connais que toi qui puisses me donner un conseil, parce que tu es meilleur qu'eux tous..... c'est-à-dire plus intelligent... Mais maintenant je vois qu'il ne me faut rien, tu entends, rien du tout, je n'ai besoin des services ni des sympathies de personne. Je me suffis.

RAZOUMIKINE.

C'est ton dernier mot ?

RODION.

Oui, laisse-moi en paix.

RAZOUMIKINE.

Va-t'en au diable !... Poloff ?

POLOFF.

Qu'y a-t-il ?

RAZOUMIKINE.

Rodion nous donne congé.

POLOFF.

Bon. C'était bien la peine de lui sacrifier nos plaisirs. Nous aurions certes mieux fait d'aller voir danser les bohémiennes, en compagnie de Sonia.

RAZOUMIKINE.

Bonne chance, Rodion. Quand tu seras de meilleure humeur, viens me voir.

RODION, ricanant.

Je n'y manquerai pas.

Razoumikine et Poloff sortent.

SCENE IV

LES MÊMES, moins RAZOUMIKINE et POLOFF.

MARMÉLADOFF.

De quelle Sonia parlent-ils ?

LE CABARETIER.

Mais de ta fille probablement.

MARMÉLADOFF.

Elle fait honorablement son métier... tout le monde ne peut pas en dire autant. (A Porphyre.) Oui, monsieur. ma fille est dans la galanterie et même elle a le billet jaune.

Rodion est allé s'asseoir seul à la table que viennent de quitter Razoumikine et Poloff.

PORPHYRE, avec ennui.

Je ne vous demande pas vos affaires de famille!

MARMÉLADOFF.

Cela m'est égal, monsieur, cela m'est égal. (Les garçons rient.) Je ne m'inquiète pas des hochements de tête de ces gens-là. Ce n'est pas avec dédain, c'est avec résignation que j'envisage la chose. (Porphyre ne l'écoutant plus, Marméladoff se tourne vers Rodion.) Je me suis marié deux fois, monsieur, et j'ai épousé en secondes noces une veuve qui avait cinq enfants. J'avais moi-même une fille de mon premier mariage, cette Sonia dont je vous parlais. Vous savez ce que c'est qu'une marâtre. Ma pauvre Catherine qui n'est pourtant pas une méchante femme, Dieu le sait, passait son temps à reprocher à Sonia le pain qu'elle mangeait. Or, notez qu'à certains jours il ne traînait pas une seule vieille croûte dans la maison.

RODION, sombre.

Oui, il y a des gens qui manquent de pain.

MARMÉLADOFF.

Les grandes personnes, cela va encore, mais les petits, monsieur... ça ne sait pas... ça pleure... ça fait mal à entendre. Donc un jour qu'il ne nous restait plus rien, mais rien, — j'avais tout bu, je venais d'être renvoyé du ministère, — Sonia a mis son burnous, et, sans rien dire, elle est sortie de notre logement. Le soir elle est revenue. En entrant elle va droit à Catherine et sans dire un mot, dépose trente roubles d'argent devant ma femme. Cela fait, elle prend notre foulard vert en drap de dame, c'est un foulard qui sert pour toute la famille, elle s'en enveloppe la tête et se couche sur le lit des enfants, le visage tourné du côté du mur. Mais ses épaules et son corps étaient agités d'un frisson... Moi, j'étais toujours dans le même état... Et à ce moment, jeune homme, j'ai vu Catherine silencieusement elle aussi, venir s'agenouiller près du petit lit de Sonia; elle a passé toute la soirée à genoux, baisant les pieds de ma fille et refusant de se relever : depuis ce temps, monsieur, ma fille a été inscrite à la police, ce qui l'a obligée à nous quitter... Et maintenant fixez les yeux sur moi. Oseriez-vous affirmer que je suis pas un cochon?

RODION.

Vous avez eu de la chance d'avoir une fille. Supposez un homme à sa place, un homme qui aurait par exemple une mère et une sœur à soutenir. Que voudriez-vous qu'il fît?

PORPHYRE, de sa place.

Qu'il tuât, n'est-ce pas?

RODION, froidement.

Oui, monsieur, qu'il tuât. Et croyez-moi, s'il n'y avait pas l'horreur du sang versé, qui n'est qu'une faiblesse, la crainte du remords qui n'est peut-être qu'un préjugé d'éducation, beaucoup de gens, au lieu de donner des leçons, iraient assassiner par la ville.

PORPHYRE.

Oh! mais on court des risques.

RODION, s'animant.

Parce que les criminels sont presque toujours des gens vulgaires qui éprouvent au moment de l'acte une diminution de la volonté et de l'entendement. Aussi, ils se conduisent avec une étourderie enfantine. Ne vous êtes-vous jamais amusé, monsieur, quand vous lisez le récit d'un crime, à vous représenter l'état d'esprit du meurtrier au moment où il l'a conçu, à refaire le plan presque toujours si grossier et si imparfait de l'assassinat, à en prévoir toutes les conséquences, comme un habile joueur d'échecs, en garde contre les surprises, qui mène sa partie où il veut?

PORPHYRE.

Je sais ce que vous voulez dire.

RODION.

Oh! l'émotion doit être inouïe et elle mériterait toute seule qu'on tentât l'aventure, alors même qu'il n'y aurait aucun profit à recueillir.

PORPHYRE.

C'est toujours votre article qui vous hante.

RODION.

Vous l'avez lu ?

PORPHYRE.

Avec intérêt ; un seul point m'a choqué. Vous parlez du côté héroïque du crime et cependant vous conseillez aux meurtriers de mettre toutes les chances de leur côté en s'attaquant à des faibles, des femmes, des vieillards. Cela n'est pas bien chevaleresque et cela dépoétise singulièrement votre théorie.

RODION.

C'est une conséquence logique du principe bien au contraire car l'assassinat n'est pas un but, c'est un moyen. Le but, c'est l'argent. Ah ! l'argent, c'est avec cela qu'on achète le pain et l'amour. (Entre Sonia.) N'est-ce pas, ma chère Sonia ?

SCÈNE V

LES MÊMES, SONIA.

SONIA.

Chacun fait sa vie comme il peut, Rodion Romanowitch. Où est mon père ?

LE CABARETIER, montrant Marméladoff endormi sur la table.

Là, tenez, le voilà le vertueux auteur de vos jours! Il rêve que les anges viennent de le nommer sommelier du Paradis.

SONIA.

Mon père, levez-vous et sortez avec moi.

MARMÉLADOFF.

Oh! tu peux parler devant ces messieurs. Je leur ai fait ma confession générale. C'est une humiliation de plus pour moi de recevoir de l'argent de toi et de le recevoir devant tout le monde. (Il lui tend les mains.) Voyons, messieurs, suis-je descendu assez bas?

PORPHYRE.

Nous voyons bien, respectable père de famille. J'imagine que cet argent-là, tu vas le boire encore?

MARMÉLADOFF.

Oui, je le boirai; plus je bois, plus je me sens indigne, et cela aussi est un châtiment. Ce sont les larmes que je cherche au fond du verre et que je savoure.

SONIA, remarquant le costume de Marméladoff.

Ah! mon père, comme vous voilà vêtu. Qu'est donc devenu votre habit neuf?

MARMÉLADOFF.

J'ai laissé mon uniforme dans un cabaret, près du pont Egipetski... Et l'on m'a donné cette défroque à la place. (Il se frappe un coup de poing sur le front.) Ah! tout est perdu... à moins que...

SONIA, tristement.

A moins?

MARMÉLADOFF.

Non, ne me regarde pas ainsi, avec ces yeux comme en ont les anges qui pleurent sur les fautes humaines. Cela est bien plus triste quand on ne reçoit pas de reproches.

SONIA.

Enfin que vous faut-il?

MARMÉLADOFF, les yeux baissés.

Huit roubles, un uniforme coûte cela, d'occasion.

SONIA.

Oh! je ne les ai pas. Je vous apportais tout mon argent.

MARMÉLADOFF.

Eh bien, qu'en dites-vous, je lui prends tout ce qu'elle

a. Et pourtant dans son métier, il y a une foule de petites dépenses nécessaires, les jupons, la pommade, les bottines, est-ce que je sais !

SONIA.

Mais au moins, si je trouvais le moyen de vous procurer un habit neuf, vous rentreriez à la maison, vous retourneriez au bureau?

RODION.

Lui !... mais enfin pourquoi voulez-vous l'obliger à travailler, s'il n'aime pas cela ?

SONIA.

On peut emprunter ; j'ai une croix sur laquelle on me donnerait bien quelque chose. J'irai trouver la vieille Aléna, l'usurière, et si elle me prête sur ce gage, je viendrai vous retrouver ici, demain.

Elle sort.

MARMÉLADOFF.

Aléna! voilà une vilaine femme! Comme il faut que je me fasse violence pour lui laisser fréquenter ce monde-là. (*A Rodion.*) La connaissez-vous cette Aléna, une vieille guenon qui a de l'or sous tous les pavés de sa chambre, qui couche sur un matelas de billets de banque... de l'argent volé, arraché pièce à pièce à un tas de malheureux... une sorcière si laide que pas un assassin n'a encore eu le courage de venir lui tordre le cou dans sa mansarde.

LE GARÇON.

Dieu sait pourtant que personne ne la pleurerait. A moi, elle m'a pris ma montre d'argent.

UN BUVEUR.

Les boucles d'oreilles de ma femme sont dans son armoire.

MARMÉLADOFF.

Catherine lui a porté la croix de son premier mari, la croix de Wladimir avec inscription : Pour courage !

PORPHYRE, *riant.*

Voyons, Rodion Romanowitch, dévouez-vous, voilà une belle occasion de mettre vos théories en pratique.

RODION.

Eh! monsieur, ne plaisantez pas!... Songez donc d'un côté une vieille femme bête, stupide, méchante, un être qui nuit à tous, une mégère qui ne sait pas même pourquoi elle vit. De l'autre tant de forces jeunes, fraîches qui s'étiolent, faute d'un peu d'argent, des esprits supérieurs qui se débattent contre les mesquines exigences de la vie. Qu'on tue cette vieille et qu'on fasse servir l'argent qui pourrit dans sa paillasse au bien-être de l'humanité, le crime, si crime il y a, sera compensé par des milliers de bonnes actions.

PORPHYRE.

Parfait. Mais laissez-moi vous poser une seule question. Tueriez-vous cette vieille vous-même?

RODION.

Non, par faiblesse sans doute.

SCÈNE VI

LES MÊMES, ALÉNA.

Aléna est entrée pendant les dernières paroles de Porphyre. — Elle fait remplir une bouteille au comptoir.

LE CABARETIER.

Tiens, c'est vous, Aléna Ivanovna. Les oreilles ne vous ont pas tinté? On parlait justement de vous.

ALÉNA.

Bah, qu'on dise ce qu'on voudra, Fédor Fédorowich, je m'en moque. On sait toujours me faire assez de compliments quand on a besoin de moi.

LE CABARETIER, s'adressant en riant, aux buveurs.

Eh oui, comme dit le proverbe, il y a des moments où le rossignol dit au hibou qu'il chante bien... c'est quand il est entre ses serres...

Rires.

ALÉNA.

Riez tant que cela vous fera plaisir, le rire est une monnaie qui n'a pas cours longtemps.

LE GARÇON.

Oiseau de malheur!

LE CABARETIER.

Enfin, petite mère, que vous faut-il?

ALÉNA.

Ma mesure habituelle.

LE CABARETIER.

Tenez.

ALÉNA.

Combien?

LE CABARETIER.

C'est six kopecks.

ALÉNA.

Seigneur Dieu! la vodka a donc renchéri?

LE CABARETIER.

Vous savez bien que non. C'est le même prix qu'hier soir.

ALÉNA.

Je me rappelle qu'hier soir ce n'était que quatre kopecks.

LE CABARETIER.

Non, ma petite mère, c'est toujours le même prix.

Bruit de dispute.

RODION.

Ah!

ALÉNA.

Je n'ai pas toute la somme sur moi. Faites-moi crédit.

LE CABARETIER.

Toute la somme... six kopecks! (Il porte la main sur la poche d'Aléna.) Je parie que vos poches sont bourrées d'or.

ALÉNA, donnant l'argent à regret.

Allons, voilà votre argent.

MARMÉLADOFF.

Aléna! vous recevrez demain la visite de ma fille, je vous la recommande.

ALÉNA.

Oh! je ne me laisse plus attendrir. Je ne prête plus que sur de bons gages.

RODION, la prend par le bras et l'attire sur le devant du théâtre.

Un mot. Qu'est-ce que vous me donneriez sur cette montre, Aléna Ivanowna?

ALÉNA, examinant la montre.

Elle est toute bossuée. La chaîne est en acier. Mais c'est une misère que vous me montrez là... Combien en voulez-vous?

RODION.

Trois roubles.

ALÉNA.

Trois roubles!

Elle lui rend la montre.

RODION.

Voyons, combien?

ALÉNA.

Un rouble et demi, et je prends l'intérêt d'avance.

RODION.

Vous vous moquez de moi!

ALÉNA.

C'est à prendre ou à laisser.

RODION.

Allons, donnez.

ALÉNA.

Voilà, batouchka.

Elle fait le geste de se retirer, Rodion la retient.

RODION.

Peut-être, Aléna Ivanowna, vous apporterai-je prochainement un autre objet... un porte-cigarettes en argent... très joli... quand un ami à qui je l'ai prêté me l'aura rendu.

ALÉNA.

Eh bien alors nous en recauserons, adieu.

RODION, la retenant encore.

Et vous êtes toujours chez vous le soir?

ALÉNA, défiante.

Pourquoi me demandez-vous cela, batouchka?

RODION.

Pour rien.

Rideau.

DEUXIÈME TABLEAU

Le théâtre représente le troisième étage d'une maison pauvre entre le deuxième et le troisième palier. — Deuxième palier ; à gauche la porte ouverte d'un appartement vide. — Au haut des marches c'est la chambre d'Aléna. — Au lever du rideau le peintre et le maçon sortent en se bousculant et en riant de l'appartement vide.

SCÈNE PREMIÈRE

LE PEINTRE, LE MAÇON.

Ils ôtent leurs vêtements de travail.

LE MAÇON.

En voilà assez pour aujourd'hui, demain mon plâtrage sera sec et tu pourras commencer tes filets.

LE PEINTRE.

Oui, et ça fera un appartement neuf. Quelque jeune ménage, cherchant un nid pour y abriter ses amours, viendra passer par là sa lune de miel, il croira que dans une maison neuve, il est le premier couple qui s'aime, car la vieille alcôve rebadigeonnée ne se souvient plus qu'elle a vu des gens naître, s'aimer et mourir.

LE MAÇON.

Tu es sentencieux comme un pope, Nicolas.

LE PEINTRE.

Toi tu n'es qu'un vulgaire gâcheur de plâtre. Mouiller ton mortier, cogner avec ta hachette, tu n'en sais pas plus. Moi je suis un philosophe ; je cherche à lire sur les murailles, l'histoire des gens qui viennent de quitter un logis.

LE MAÇON.

Et quelle est l'histoire du logis que nous remettons à neuf?

LE PEINTRE.

Je devine que depuis quelques années quelque vieux ménage était venu s'échouer dans ce taudis.

LE MAÇON.

Et à quoi juges-tu cela?

LE PEINTRE.

A l'encrassement de l'alcôve. Les jeunes gens dorment nez à nez; ils n'ont jamais les lèvres assez proches. Les vieux dorment dos à dos, tête au bord du lit, tête dans la ruelle.

LE MAÇON.

Nous aurons pas mal à faire, demain, pour nettoyer le logement d'Aléna.

LE PEINTRE.

Oh! celle-là, il y a longtemps qu'un amoureux n'est monté chez elle.

LE MAÇON.

Elle dort avec son sac d'argent dans les bras.

LE PEINTRE.

Dis-moi donc un peu, Mitka, pourquoi une vieille femme est inférieure à un mur?

LE MAÇON.

A un mur? ah! ah!

LE PEINTRE.

Ne cherche pas. Le mur, avec un coup de pinceau, nous lui rendons la jeunesse. Mais on n'a pas encore trouvé un badigeon qui recrépisse les vieilles mégères.

LE MAÇON.

Ah! ah! (*Une horloge sonne dehors.*) Huit heures! Dépêchons-nous de nous en aller.

LE PEINTRE.

Je te paye une bouteille si tu arrives avant moi au bas des marches.

LE MAÇON.

Une bouteille ?

LE PEINTRE.

Parole d'honneur !

LE MAÇON.

Alors nous laissons là nos outils, tes pinceaux, ma hachette.

LE PEINTRE.

Qui veux-tu qui nous les prenne ?

LE MAÇON.

Eh bien, allons-y. Y es-tu ?

LE PEINTRE.

Une, deux, trois ! Houp !

Ils disparaissent dans les marches qu'ils dégringolent en se bousculant. — Le bruit se perd ; quand on peut supposer qu'ils sont sortis de la maison on entend dans l'escalier un pas qui monte.

SCÈNE II

RODION, seul.

Arrivé au deuxième palier que viennent de quitter les peintres, Rodion s'arrête et regarde dans la cage de l'escalier.

Si j'ai déjà si peur maintenant, que sera-ce quand je viendrai ici pour de bon... (Il se heurte à la hachette et pousse un cri.) Ah ! (Amèrement.) Quand je projette un coup si hardi, faut-il que de pareilles niaiseries m'arrêtent ! Une misère comme cela, la surprise d'une seconde, un cri, un frémissement peut gâter toute l'affaire... Si on m'avait entendu... Les petites choses ont leur importance, c'est toujours par les petites choses qu'on se perd. Voyons ! que je conserve seulement ma présence d'esprit, ma ferme volonté et tout ira bien quand le moment sera venu. (Il rit.) Quel moment ! Ma parole, on dirait que je vais commettre un crime pour de vrai ! Est-ce que je n'entre pas merveilleusement dans la peau de mon rôle! Quel comédien je ferais! (Il passe la main sur son front. — Il fait un pas et se heurte à la hachette.) Et le plus fort c'est que je trouve les accessoires! (Il ramasse la hachette.) Elle est bien en main. Si quelqu'un sortant de cette chambre-là, me surprenait, avec cette hache, à la porte de la vieille, est-ce qu'il ne s'imaginerait pas que je suis venu pour l'assassiner. (Avec angoisse.) Dieu sait pourtant que tout cela n'est qu'une épreuve, une plaisanterie! Il y a loin, comme disait l'autre, de l'acte rêvé à l'acte accompli... Un pas décisif... Je ne le franchirai pas... Et pourtant si le courage venait à quelqu'un à ma place, on dirait vraiment que le hasard a voulu me tenter et qu'en tout ceci il est mon complice. Je venais, les mains dans les poches, en curieux, cherchant une émotion rare, l'angoisse de l'assassin au bord du crime... (Il se met en colère.) Et voilà que la fatalité cherche à me faire entrer dans la réalité des faits... Elle me met l'arme à la main, elle m'assure l'impunité! Ah! (Il remonte à pas de loup et arrive à la porte d'Aléna, se penche, tend l'oreille.) Elle est là... elle remue une chaise. (Terrifié.) Il y a quelqu'un avec elle... On s'approche de la porte... on va sortir... Oh!

Il descend les marches et va se cacher dans la chambre que les peintres ont laissée vide.

SCÈNE III

ALÉNA, SONIA, sur le palier, RODION, caché.

SONIA.

Alors vous ne voulez pas me donner même un petit billet?

ALÉNA.

Pas une pièce de cuivre.

SONIA.

Mon Dieu!

ALÉNA.

D'abord ton bijou est faux, il n'a pas le poids. Tu t'es laissée duper.

SONIA, tristement.

Oh!

ALÉNA.

Tu es une sotte, tu te feras tromper tout ta vie ; c'est pitié de voir une jolie fille comme toi ne pas sortir des faubourgs de la ville, traîner des loques achetées chez des revendeuses, quand tu devrais avoir ton hôtel, sur la Perspective, ton traîneau, comme une actrice française.

SONIA.

Oh! Aléna...

ALÉNA.

Il y en a qui ne te valent pas!

SONIA.

Vous vous trompez, Alena. Je n'aurai jamais beaucoup de succès. Ce n'est pas ma faute; mais je ne suis pas gaie, je ne dis jamais rien qui fasse rire, et quand les gens viennent me chercher, c'est pour s'amuser, n'est-ce pas?

ALÉNA.

Je te dis que tu es stupide.. Tant que tu auras pendue après tes jupes toute cette famille, qui n'est seulement pas la tienne, ta belle-mère qui te bat, ses enfants qui te grugent, et ton père, qui te boirait jusqu'à tes bas, tu n'arriveras à rien... C'était encore pour ces gens-là que tu venais me demander de l'argent.

SONIA.

Oui, j'ai promis à mon père de lui racheter un uniforme. Il m'avait juré qu'il reprendrait du service.

ALÉNA.

Des mensonges... Au reste, cela te regarde, si tu lui veux tant de bien à ton père, ce n'est pas chez moi que tu devrais être.

SONIA.

Ah! Aléna, comme vous êtes dure!

ALÉNA.

Dure! Dis que je te donne de bons conseils. Ecoute:

moi aussi j'ai été comme toi, moi aussi j'avais des parents qui cherchaient à m'exploiter, un ivrogne et une paralytique qui geignait toute la journée sur sa paillasse. C'était gai à entendre! Je les ai plantés là. J'ai pris un amant riche... Je l'ai ruiné, il s'est tué. J'en ai pris un autre et j'économisais, car j'ai toujours pensé à l'avenir. Fais comme moi, sois raisonnable, pense à toi avant de penser aux autres. (Elle rit.) Je te prête ce conseil-là pour rien, suis-le. L'argent, vois-tu, c'est si bon et c'est si beau quand on devient vieux. Bonsoir.

SONIA, résignée.

Dieu vous garde, Aléna.

Elle descend. — Aléna ferme sa porte. Rodion sort de sa cachette, se penche sur la cage de l'escalier, regarde Sonia s'éloigner.

RODION, la hache à la main.

Oh! la chienne! la chienne!...

Il remonte rapidement les degrés, frappe à la porte.

SCÈNE IV

RODION, ALÉNA.

RODION.

Holà! Aléna!

ALÉNA, derrière la porte.

Qui vient là?

RODION.

Moi, l'étudiant d'hier.

ALÉNA.

Quel étudiant?

RODION.

L'homme à la montre.

ALÉNA.

Que voulez-vous?

RODION.

Ouvrez toujours.

ALÉNA.

Il est trop tard.

RODION, impérieux.

Ouvrez! (Se radoucissant.) C'est une bonne affaire pour vous.

La porte s'entrebâille. — Alena a allumé sa lampe. — On aperçoit la silhouette de la vieille sur le mur. Rodion cache la hache sous son manteau et entre.

SCÈNE V

LE PEINTRE, LE MAÇON.

Ils remontent quatre à quatre, essoufflés, en se poursuivant.

LE MAÇON.

Avant toi. C'est toi qui paieras la seconde bouteille.

LE PEINTRE.

Oh! si j'avais voulu, mais j'aime mieux te payer à boire que de m'essouffler.

LE MAÇON.

Eh bien! ma hachette?

LE PEINTRE.

Elle doit être là.

LE MAÇON.

Non! Qu'est-ce que je te disais? Au cabaret, tout à l'heure, en buvant, j'ai eu le pressentiment que quelqu'un allait me la voler.

LE PEINTRE.

Je suis sûr que tu l'as laissée dans la chambre, regarde.

LE MAÇON.

Voyons.

Il entre dans la chambre.

LE PEINTRE.

La trouves-tu?

LE MAÇON.

Non.

LE PEINTRE.

Tu es aveugle ; attends, je vais t'aider.

Il entre dans la chambre.

SCÈNE VI

RAZOUMIKINE, POLOFF.

Ils arrivent au palier.

RAZOUMIKINE.

On nous a dit au troisième.

POLOFF.

Ça doit être cette sale petite porte.

RAZOUMIKINE.

Voyons, tu as les objets?

POLOFF.

Oui, une cuillère, la dernière qui nous reste d'une douzaine que j'avais achetée dans des temps meilleurs ; ton médaillon.

RAZOUMIKINE.

Un souvenir d'amour... mais au diable si je sais de qui...

POLOFF.

Un yatagan turc... pris à Osman-Pacha pendant la guerre. C'est mon cousin Constantin qui me l'a rapporté. Entre nous, je le soupçonne d'avoir acheté cette latte au marché à la ferraille.

RAZOUMIKINE.

Un cadre... j'ai ôté le portrait, car j'y tenais...

POLOFF.

Oh! si ce n'était pas pour Rodion.

RAZOUMIKINE.

Mais il faut le tirer de là. As-tu vu comme il était fiévreux hier. J'ai passé chez lui ce matin, il n'était pas rentré de la nuit. Sa logeuse est à bout de patience ; il lui doit quatre termes. Elle m'a dit qu'elle le ferait citer chez le commissaire de police.

POLOFF.

Enfin quand nous l'aurons remis à flot, quand il aura un peu de répit, il se portera peut-être mieux et il se remettra tout doucement à travailler comme autrefois.

RAZOUMIKINE.

Sa mère sera si heureuse !

POLOFF, souriant.

Et sa sœur aussi, n'est-ce pas ?

RAZOUMIKINE.

La pauvre fille. En voilà une qui a fait son devoir. Elle n'a jamais eu qu'une adoration dans le monde : Rodion, et Dieu sait ce qu'elle lui a sacrifié ! Belle comme elle était, et bonne, il y a bien des hommes qui, malgré sa pauvreté, auraient été heureux de l'épouser.

POLOFF.

Et tu en connais, mon vieux ?

SCÈNE VII

LES MÊMES, LE MAÇON, LE PEINTRE.

LE PEINTRE.

Pas de hachette !

LE MAÇON.

Mais qui a bien pu me la voler ?

RAZOUMIKINE.

Dites donc, vous, c'est bien là le logis d'Aléna ?

LE MAÇON.

La vieille sorcière ?... Oui !... Vous allez chez elle ? Si vous trouvez une hachette dans son logis, c'est la mienne. Elle est bien capable de me l'avoir volée pour fendre son bois.

Ils descendent.

SCÈNE VIII

RAZOUMIKINE, POLOFF.

Ils montent jusqu'à la porte d'Aléna.

RAZOUMIKINE.

Aléna Ivanowna, peut-on vous demander audience... C'est une députation du corps enseignant, et comme vos largesses lui sont connues, il s'est adressé à vous de préférence, parmi les prêteurs sur gages, honorablement cotés.

Il frappe.

POLOFF.

Elle a l'oreille dure. Estimable Aléna, nous vous apportons des présents, un assortiment de brocante pour décorer votre palais..... Soyez tranquille, malgré l'heure tardive. Nous n'en voulons pas à votre vertu.

RAZOUMIKINE.

Elle est peut-être couchée... donnons-lui le temps de s'habiller.

POLOFF.

Oh! si votre corps divin repose déjà dans les batistes de votre alcôve... si le sommeil a versé ses pavots sur vos yeux, réveillez-vous et ouvrez la porte, Danaé, c'est la pluie d'or.

RAZOUMIKINE.

Elle ne bouge pas, on nous a pourtant affirmé qu'elle était là.

POLOFF.

C'est samedi. Elle a peut-être filé par la fenêtre à cheval sur son balai.

RAZOUMIKINE.

Voyons, il ne faut pas l'effrayer. Parlons-lui sérieusement.

POLOFF.

Alena, Alena, c'est une affaire pressante.

RAZOUMIKINE.

Ecoute, elle vient.

POLOFF.

Tu crois.

RAZOUMIKINE.

Oui, approche ton oreille, on entend des pas.

Un silence.

POLOFF.

Non.

RAZOUMIKINE.

Mais si, on dirait qu'il y a quelqu'un qui respire derrière la porte. (*Il sonne.*) Alena, voyons! (*Avec colère.*) Ouvrez la porte, ou j'enfonce! (*A Poloff.*) As-tu entendu un soupir... Je te dis qu'il y a quelqu'un!

POLOFF.

Mais qui, sinon elle?

RAZOUMIKINE.

Je ne sais pas moi, une vieille femme comme elle... seule. Attends; (*Il prend la porte et la secoue.*) le verrou est poussé.

POLOFF.

Alors?

Ils se regardent tous les deux.

RAZOUMIKINE.

Elle s'est peut-être trouvée mal. Il faudrait lui porter secours. (*On entend un faible gémissement.*) Entends-tu? On dirait un râle...

POLOFF.

Il faut prévenir le portier.

Ils descendent rapidement. A peine ont-ils disparu dans l'escalier que la porte s'ouvre et Rodion paraît, pâle, les vêtements en désordre, portant une cassette. Il descend rapidement et se jette dans la chambre laissée vide par les peintres.

SCÈNE IX

LE PORTIER, RAZOUMIKINE, POLOFF.

LE PORTIER.

Elle doit être évanouie. Je l'ai vue remonter vers six heures.

RAZOUMIKINE.

Appelez-la toujours. Elle reconnaîtra votre voix et peut-être voudra-t-elle vous répondre.

LE PORTIER.

Aléna, Aléna, c'est moi, le portier répondez.

POLOFF.

Elle y est! le verrou est ôté.

RAZOUMIKINE.

Cependant personne n'est decendu. (Au portier.) Ouvrez.

Le portier enfonce un ciseau dans la rainure de la porte, qui, sous la pesée, cède.

RAZOUMIKINE.

C'est cela.

Ils entrent tous trois dans la chambre. — Rodion profite de la seconde où ils disparaissent pour se précipiter dans l'escalier à pas de loup et s'enfuit. — On entend des cris dans la pièce. Razoumikine ressort suivi de Poloff et du portier terrifiés.

RAZOUMIKINE.

Assassinée.

Rideau.

TROISIÈME TABLEAU

Le théâtre représente, dans un hôtel garni de Pétersbourg, la chambre de Rodion.

SCÈNE PREMIÈRE

DOUNIA, NASTASIA.

DOUNIA, allant à la fenêtre pour regarder l'heure extérieurement à une horloge voisine.

Neuf heures du matin! Et Rodion n'est pas encore rentré.

NASTASIA.

Ça fait deux jours qu'il couche dehors. Il ne s'était jamais absenté si longtemps.

DOUNIA.

Mon Dieu, mon Dieu! Il lui sera arrivé quelque malheur!

NASTASIA.

Ne vous tourmentez pas ainsi, mademoiselle.

DOUNIA.

Mais que puis-je penser!

NASTASIA.

Tenez, voici ce que je crois, moi : Rodion Romanowitch est fier; il doit de l'argent à ma maîtresse, sa logeuse. Il ne peut pas payer, cela l'irrite. Il y a longtemps que je l'observe. Le matin, quand il voulait descendre, je le voyais bien. Il se penchait sur l'escalier pour guetter le moment où Prascovia s'enfermait dans

2.

sa chambre, et alors... il descendait comme une ombre, rasant le mur.

DOUNIA.

Elle est donc bien terrible cette Prascovia ?

NASTASIA.

Pas plus qu'une autre. Il y a bien longtemps qu'elle logeait Rodion. Or elle est veuve, elle n'est pas riche, elle ne peut pas faire de longues avances.

DOUNIA.

Je sais ce que c'est.

Un silence. Nastasia regarde des pieds à la tête Dounia, qui tient encore à la main son petit sac de voyage.

NASTASIA.

Et vous êtes venue du gouvernement d'Orel, comme cela, toute seule ?

DOUNIA.

On m'avait écrit que Rodion était malade.

NASTASIA.

Dame, il se soigne si mal ! Depuis un mois, chaque matin, il ne m'a envoyé lui chercher que du saucisson et un petit pain blanc, chez le charcutier. Puis, le soir, au lieu de se coucher, il se promenait dans sa chambre, en parlant tout haut.

DOUNIA.

Il travaillait trop, voyez-vous.

NASTASIA.

Lui ? Il ne faisait absolument rien, je vous jure. Quand je lui disais : « Pourquoi, Rodion Romanowitch, n'allez-vous pas donner vos leçons comme autrefois ? » Il me répondait : « Je pense. » — « Et ça nous rapporte beaucoup d'argent de penser ? » Et il me répondait encore — je n'oublierai jamais combien son ton était amer : « On ne peut pas aller donner des leçons quand on n'a pas de bottes. » Il n'y avait rien à répliquer, mais je faisais bien ce que je pouvais pour lui. Tenez, hier, on a fait du tchi. Il est très bon. Je lui en avais gardé une portion. Goûtez un peu, pour voir.

DOUNIA.

Oh! non, merci, je n'ai pas faim.

NASTASIA.

Au moins vous devez être rompue de fatigue? Laissez-moi vous vider votre valise.

DOUNIA, vivement.

Non, j'ai apporté très peu de chose. Donnez-moi seulement l'encrier de Rodion. Je voudrais écrire à ma mère qui doit être bien inquiète. Ce n'est pourtant pas ce que je vais lui dire qui la rassurera beaucoup.

NASTASIA.

Enfin! ne vous désolez pas, mademoiselle. Rodion Romanowitch va rentrer d'une heure à l'autre, et votre vue lui rendra la joie et la santé qu'il a perdues.

SCÈNE II

LES MÊMES, RAZOUMIKINE.

On frappe à la porte.

DOUNIA.

C'est lui!

NASTASIA.

Je ne crois pas. Il ne frapperait pas. Il a emporté sa clef.

DOUNIA.

Qui est-ce alors?

NASTASIA, ouvrant.

Tiens, c'est M. Razoumikine.

DOUNIA.

Lui!

Nastasia sort.

RAZOUMIKINE.

Ah! Dounia, je savais bien que vous viendriez.

DOUNIA.

Savez-vous où est Rodion?

RAZOUMIKINE.

Voilà deux jours que je le cherche, sans pouvoir mettre la main sur lui.

DOUNIA, lui prenant les mains.

Que lui est-il arrivé?

RAZOUMIKINE.

Rien, j'en suis sûr, c'est cette fièvre qui le dévore et qui le pousse à marcher devant lui sans savoir où il va.

DOUNIA.

Vous ne l'avez donc pas averti de ma venue, comme c'était décidé?

RAZOUMIKINE.

Non, Dounia. Pardonnez-moi si je vous ai désobéi; mais voyez-vous, dans l'état d'irritation où est Rodion, il se serait certainement opposé à votre voyage; et puis, Dounia, j'avais moi aussi besoin de vous revoir...

DOUNIA.

Ne parlons pas de nous, mon ami. Nous avons un devoir à remplir, c'est pour ce motif que je suis venue. Autrement je serais restée près de ma mère qui avait besoin de moi.

RAZOUMIKINE.

Vous n'en doutez pas, Dounia, ce n'est pas dans une pensée égoïste que je vous ai suppliée de venir. Vous avez vraiment une âme à sauver... Mais si triste que soit la raison de votre présence, vous n'empêcherez pas que votre vue me soit douce, après une si longue séparation.

DOUNIA.

Et moi aussi je suis heureuse de vous revoir. Peut-être, un jour, quand nous aurons accompli notre tâche, nous sera-t-il permis de penser à nous. Qu'est-ce que le temps pour un amour comme le nôtre? Il grandira par cette épreuve. Aujourd'hui nous ne sommes qu'un frère et une sœur dévoués au salut de l'être qui leur est le plus cher au monde.

RAZOUMIKINE.

Eh bien donc, ne me refusez pas le baiser qu'un frère donne à sa sœur.

DOUNIA, lui tendant le front.

Faites.

SCÈNE III

LES MÊMES, RODION.

RODION, éclatant de rire.

Ne vous gênez pas!

DOUNIA, se jetant dans ses bras.

Ah! Rodion!

RODION, la repoussant.

Pourquoi es-tu venue? Que fais-tu ici?

RAZOUMIKINE.

Avoue, Rodion, que tu as une singulière façon d'accueillir les surprises qu'on te ménage.

RODION, soupçonneux.

Les surprises! Elles sont rarement bonnes. Je suis en garde contre les surprises!...

DOUNIA.

Comment! c'est ainsi que tu me reçois, moi qui ai laissé notre mère toute seule et qui ai fait tant de chemin pour venir te retrouver.

RODION.

Merci, je n'avais pas besoin de toi. (A part.) Pourquoi est-elle venue? (Il regarde fixement Dounia et Razoumikine. — Haut.) Quel danger est-ce que je cours? — Je ne suis pas malade, je ne suis pas inquiet, je n'ai rien. Je n'ai jamais été plus fort. (A part.) Ils ne savent rien. Au fait que pourraient-ils savoir? Est-ce que je suis bien sûr que tout cela ne soit pas un cauchemar?

Il passe la main sur son front avec angoisse.

RAZOUMIKINE.

Écoute, Rodion! sans doute, tu n'es pas malade, et si

tu étais venu ce matin, me consulter à l'hôpital et me demander un lit, sûrement je ne t'aurais pas admis. Mais tu ne peux pas trouver mauvais que je te regarde avec un œil d'ami et non comme un client de la rue. Ce n'est pas ton corps, c'est ton esprit qui est malade.

RODION, ricanant.

Mon esprit! (Avec violence.) Ah! ça, est-ce que tu voudrais me faire passer pour un fou? Je suis parfaitement responsable de tout ce que je fais... Cite-moi, une seule de mes actions qui soit celle d'un aliéné? Un fou, moi! Je n'ai jamais été plus maître de ma volonté et de mon intelligence.

DOUNIA.

Voyons, Rodion...

RAZOUMIKINE.

Comprends donc ce que je te dis. Tu es d'une susceptibilité!... Je ne suis pas inquiet de ton intelligence. Si nous étions à la clinique, je te dirais que c'est de l'hypéresthésie (Souriant.) et il n'y a rien qui ressemble au génie comme cette maladie-là.

DOUNIA.

Je suis venue, Rodion, parce que j'avais envie de te voir, voilà tout! Je me suis dit que la solitude indéfinie était mauvaise pour un garçon comme toi. (Tendrement.) Je t'ai connu si affectueux autrefois à la maison. — Je suis venue à Pétersbourg pour y chercher une place.

RAZOUMIKINE.

Tu vois, il n'y a pas de quoi te fâcher pour une chose, qui, à ta place, me rendrait bien heureux.

RODION, se croise les bras, regarde Razoumikine et Dounia, puis il se met à rire.

Ah!... j'y suis. Est-ce bien pour me voir, moi, tout seul, que tu as fait le voyage, Dounia?

RAZOUMIKINE.

Que veux-tu dire?

RODION, s'adressant toujours à Dounia.

Et c'est Razoumikine, n'est-ce pas, qui t'a écrit que j'étais malade?

DOUNIA.

Pourquoi te le cacherai-je, Rodion?

RODION.

Charmant! charmant! M'y voilà. Je suis le porte-flambeau! Eh bien! mes bons amis, aimez-vous tant que vous voudrez, je m'en lave les mains. Mais si dans quelques mois d'ici vous êtes obligés de vous mettre en quête d'un parrain, ne comptez pas sur moi. Je n'aime pas les enfants!

RAZOUMIKINE.

Pardon!... Je t'aime et je te l'ai prouvé. Mais je ne souffrirai pas que tu insultes ta sœur en ma présence.

RODION, furieux.

Hein!

DOUNIA, à Razoumikine.

Laissez-moi faire. (A Rodion.) Oserais-tu tenir de pareils propos devant notre mère? J'ai une lettre à te remettre de sa part.

RODION, avec un cri de soulagement.

Ah! Où est-elle?

DOUNIA.

La voici.

RODION.

Ah! ma mère! ma mère! (Il décachète et lit d'une voix tremblante.) «Mon cher Rodion, voilà déjà plus de deux mois » que je me suis entretenue par lettres avec toi, ce dont » j'ai souffert au point de perdre souvent le sommeil. » Mais sans doute tu me pardonneras mon silence involontaire... »

Il s'arrête de lire.

DOUNIA, à Razoumikine.

Pauvre mère! si elle le voyait!

RAZOUMIKINE.

Il est déjà plus calme.

RODION, lisant.

« Tu sais comme je t'aime. Dounia et moi nous n'a-
» vons que toi. Tu es tout pour nous, tout notre bon-
» heur, toute notre espérance dans l'avenir. Que suis-je
» devenue quand j'ai appris que tu avais dû quitter
» l'Université et que tu n'avais plus ni leçons ni res-
» sources d'aucune sorte! » (A part.) Oh! chère mère chérie!

Il continue à lire.

DOUNIA, à Razoumikine.

Ecoutez, mon ami.

RAZOUMIKINE.

Voyons.

DOUNIA.

Je vous en prie, laissez-moi seule avec lui!

RAZOUMIKINE.

Oh! Dounia!

DOUNIA.

Si, si, Rodion a toujours chèrement aimé notre mère. Mais il a si peur du ridicule que devant vous il n'oserait peut-être pas s'attendrir. Avec moi seule, il ne se gênera pas pour pleurer s'il en a envie. Cela lui soulagera le cœur.

RAZOUMIKINE.

Je vous obéis, Dounia. Si vous avez besoin de moi, souvenez-vous que je suis tout près et que mon dévouement pour vous est absolu.

Razoumikine sort.

RODION, se retourne vers sa sœur avec un geste de désespoir.

Oh! Dounia, on t'a fait cela? On t'a fait cela? Oh! ma petite sœur! Voilà ce que tu as souffert pour nous!

DOUNIA.

Comment, notre mère t'a dit...

RODION.

Oui, cet esclavage honteux... ce maître infâme qui ne respectait même pas la pauvre fille chargée d'élever ses enfants !... Ah ! comme tu as bien fait de fuir tous ces périls et de venir me retrouver ! Pardonne-moi mes paroles de tout à l'heure. Razoumikine a raison. Je suis fou ! Pardon ! Pardon !

Il sanglote.

DOUNIA, tendrement.

Tes larmes effacent ma peine. Tu avais besoin de pleurer. Notre mère sera bien heureuse d'apprendre que tu l'aimes toujours.

RODION.

Pauvre chère vieille. Comment va-t-elle?

DOUNIA.

Bien cassée. Ses cheveux sont tout à fait blancs, et le soir, en travaillant, elle se trompe dans le compte des points de son tricot.

RODION.

Oui ! je la vois... près de la fenêtre frileusement roulée dans sa grande pelisse brune...

DOUNIA.

Rien n'est changé dans la maison. Tu la retrouveras telle que tu l'as laissée le jour où tu nous reviendras — que ce soit avant que notre mère meure ! — savant et honoré comme tu dois l'être un jour.

SCÈNE IV

LES MÊMES, NASTASIA.

NASTASIA, un papier à la main.

Pour le coup il va me recevoir comme un chien. Ma foi, j'ai envie de m'adresser à sa sœur.

RODION, se retournant.

Qu'y a-t-il?

NASTASIA.

C'est une assignation. Cela vient du commissariat.

RODION.

De quel commissariat ?

NASTASIA.

Du commissariat de police, naturellement.

RODION.

Je suis cité devant la police? Moi? pourquoi?

NASTASIA.

Comment pourrais-je le savoir! On vous cite, allez-y. (A Dounia.) Quel drôle d'effet cela lui produit! Un jour ou l'autre il devait bien s'y attendre pourtant.

Nastasia sort.

SCÈNE V

RODION, DOUNIA.

RODION, *épouvanté.*

La police!... J'oubliais!

DOUNIA.

Qu'as-tu donc?

RODION.

Oui, c'est le châtiment qui commence.

DOUNIA, *lisant.*

C'est cette assignation qui te cause tant de trouble. On te demande de venir aujourd'hui à la police à onze heures. Ce sont de ces aventures qui arrivent tous les jours à tout le monde.

RODION.

Oh! moi, ce n'est pas la même chose!

DOUNIA.

Voyons! mettons les choses au pis. C'est un créancier qui s'impatiente.

RODION.

Non! non! C'est terrible! (A part.) Si je me sauvais... mais la porte doit être gardée... C'est un piège qu'on me tend. (Avec énergie.) Eh bien! je me défendrai. Déjà! déjà. Je n'avais pas cru que ce serait si tôt!

DOUNIA.

Mon Dieu! voilà le délire qui le prend!

RODION.

Pourvu seulement que ce soit vite fini... Allons!... j'y vais!

Il se dirige vers la porte.

DOUNIA, l'arrêtant.

Mais, Rodion, tu ne peux pas sortir dans cet état. Tes vêtements sont tout éclaboussés de boue, et ces taches, tiens! T'es-tu blessé quelque part?

RODION.

Pourquoi?

DOUNIA.

Ça a l'air de sang.

RODION.

Du sang!... (Avec colère.) C'est absurde ce que tu dis là. (Il tombe sur une chaise. Un silence: il se lève, plus calme.) Décidément je suis bien nerveux ce matin... Je suis fait comme un voleur. Donne-moi un peu d'eau que je lave ces taches. (A part.) Allons, c'est la lutte, reprenons-nous. Rien n'est perdu. Ils ne peuvent rien savoir. (Examinant ses vêtements.) Voyons le reste. (Il regarde ses bottes.) Cela c'est de la boue. (Il examine silencieusement son pantalon.) Donne-moi des ciseaux, Dounia.

DOUNIA.

Tout de suite.

Elle va à sa valise.

RODION, il secoue son habit, un portefeuille tombe de la poche. à part.

Ah! le portefeuille. Je croyais l'avoir enfoui au bord de la Néva avec le reste. Où le cacher?

Il regarde autour de la chambre avec angoisse, et tandis que Dounia a le dos tourné, il va cacher le portefeuille derrière un cadre qui pend au mur.

DOUNIA, revenant.

Voilà. (A Rodion qui coupe les franges de son pantalon.) Où as-tu donc été pour te mettre dans un état pareil?

RODION, à part.

C'est vrai. Ils vont me demander cela là-bas! Je dirai

comme Marméladoff. (Haut.) J'ai couché dans les bateaux de foin, sur la Néva.

DOUNIA.

Quelle folie!

SCÈNE VI

LES MÊMES, PORPHYRE.

PORPHYRE, frappe et entre.

Me reconnaissez-vous, Rodion Romanowitch?

RODION.

Non, qui êtes-vous?

PORPHYRE.

Une connaissance toute fraîche, un admirateur de vos travaux philosophiques... Nous nous sommes rencontrés l'autre soir, au traktir du marché au foin. Rappelez-vous.

RODION.

Votre nom?

PORPHYRE.

Porphyre Petrowitch... officier de police.

RODION.

Ah! vous venez me chercher.

PORPHYRE.

Oh! bien par hasard... J'ai aperçu un de nos hommes qui sortait de votre maison, je l'ai abordé; il m'a dit qu'il venait d'apporter une citation à Rodion Romanowitch, et, comme je rentre moi-même au bureau, je suis venu vous offrir la moitié de mon dorchki. Je serais bien aise de connaître votre opinion sur une affaire qui me préoccupe. Vous savez ce que je veux dire?

RODION.

Quoi donc?

PORPHYRE.

Comment vous ne connaissez pas la nouvelle?

RODION.

Non.

PORPHYRE.

Alena... la vieille usurière... a été assassinée.

RODION.

Par qui?

PORPHYRE.

On suppose que c'est par un étudiant. Comment! vous n'avez pas entendu parler de cela? Cependant je vois là, dans votre poche, un journal qui raconte l'affaire tout au long. Vous n'avez pas lu l'article? Vous êtes si distrait...

RODION.

Et c'est vous qui êtes chargé d'instruire cette affaire?

PORPHYRE.

Pas directement... mais elle m'intéresse. Il y a là une question psychologique tout à fait passionnante. Je comprends beaucoup de choses, Rodion Romanowitch. Je suis un artiste, à ma manière, très digne de votre estime, je vous assure. Pour vous, vous m'avez conquis de la première minute où je vous ai vu. Vous défendiez vos opinions avec une âpreté de conviction. (Apercevant Dounia.) Oh! mais je vous demande pardon, j'ai troublé un entretien?

RODION.

C'est ma sœur.

PORPHYRE.

Excusez-moi, mademoiselle, si j'insiste pour emmener votre frère; mais il fait si mauvais temps...

DOUNIA, salue.

A Rodion.

Seras-tu longtemps absent.

RODION, regardant Porphyre.

Je ne sais pas.

PORPHYRE.

Mon Dieu, mademoiselle, ne vous inquiétez pas, s'il tarde un peu. Notre service est mal distribué, et l'audience du matin est très chargée.

RODION.

Non, ne t'inquiète pas. Dans cette vie, vois-tu, il faut s'attendre à tout. (A Porphyre.) Je vous suis.

Rodion et Porphyre sortent.

SCÈNE VII

DOUNIA, seule.

Comme Rodion m'a regardée avant de partir. La venue de cet homme l'a bouleversé. Qu'est-ce qu'on peut bien lui vouloir à la police, si ce n'est pas une affaire de créancier ? Il aura fait du tapage dans quelque endroit public... une histoire de jeune homme qu'il ne veut pas me conter, et, avec sa fièvre, toutes ses appréhensions s'exagèrent...

SCÈNE VIII

DOUNIA, RODION, rentrant brusquement.

RODION.

Dounia !

DOUNIA.

Quoi ?

RODION, fait tomber le portefeuille caché derrière le cadre et le tend à Dounia.

Attends, prends ceci !... Jure-moi, au nom de Dieu, que tu ne montreras ce portefeuille à personne, ni à Razoumikine ni à Nastasia. Ne l'ouvre pas, mais va tout de suite le jeter dans la Néva... au fond... au fond... c'est un secret !

DOUNIA.

Mais, Rodion...

Voix de Porphyre dans la coulisse.

PORPHYRE.

Eh bien !

RODION.

Me voilà !

RODION, *à Dounia.*

Ah ! jure !... Il y va de ma vie !

Rideau.

QUATRIÈME TABLEAU

Le bureau de police. — Casiers, tables. — A droite, le bureau du juge. — Images saintes au-dessus des portes. — Au lever du rideau une fille allemande est debout devant le bureau du juge.

SCÈNE PREMIÈRE

LE JUGE, UN ASSESSEUR, UN GREFFIER, LA FILLE ALLEMANDE, puis RODION, sa citation à la main. Il s'approche du greffier assis derrière une petite table.

RODION.

Pardon, à qui dois-je m'adresser?

LE GREFFIER, après avoir lu.

Vous êtes étudiant?

RODION.

Oui, ancien étudiant. (Le greffier examine Rodion. — A part.) De cet homme-là il n'y a rien à apprendre, il ne sait pas pourquoi on m'appelle.

LE GREFFIER.

Adressez-vous là au chef de la chancellerie.

Rodion s'approche de l'assesseur et lui remet son papier.

L'ASSESSEUR.

Attendez un peu.

RODION.

Prenons garde. La plus petite imprudence, la moindre sottise peut me trahir. Hum! c'est dommage qu'il n'y ait pas d'air ici. La tête me tourne plus que jamais.

Il va s'asseoir sur un banc au fond.

LE JUGE.

Approchez Louise Pétrovna.

LA FILLE.

Voilà, monsieur le juge.

LE JUGE.

Contez-nous clairement votre histoire.

LA FILLE.

Il n'y a eu chez moi ni rixe ni tapage. Cet homme, un certain conseiller Marméladoff, est arrivé ivre et il a demandé trois bouteilles. Ensuite il s'est mis à jouer du piano avec son pied, ce qui est déplacé dans une maison convenable... et il a cassé les cordes du piano. Alors j'ai appelé au secours. Il a ouvert la fenêtre qui donne sur le canal, et il s'est mis à pousser des cris comme un petit cochon.... foui.... foui.... n'est-ce pas honteux ? J'ai dû appeler le portier qui, en le tirant par derrière, pour lui faire quitter la fenêtre, lui a arraché une des basques de son habit. Il a réclamé quinze roubles en réparation du dommage. Il pleurait, il disait que c'était sa fille, une nommée Sonia, qui lui avait payé cet uniforme. Je lui ai donné de ma poche cinq roubles pour cette réparation, monsieur le juge. Qu'est-ce qu'on peut demander de plus ?

LE JUGE.

Ça suffit. Voici, mon dernier mot, respectable Louise Pétrovna. Si, à l'avenir, il se produit un seul scandale dans ton honorable maison, je te fais coffrer... entends-tu ? Maintenant tu peux t'en aller ; j'aurai l'œil sur toi.

LA FILLE, faisant la révérence.

Merci, monsieur le juge.

Elle sort.

LE JUGE.

A un autre ! (Rodion, se lève et s'approche.) Qu'est-ce qui vous amène, vous ?

RODION.

On m'a cité.

LE GREFFIER.

C'est l'étudiant à qui on réclame de l'argent. Voici.

Il apporte un dossier.

RODION.

De l'argent, quel argent? (A part.) Mais alors ce n'est pas pour *cela*!

Il soupire.

LE JUGE.

A quelle heure venez-vous, monsieur ; on vous convoque pour onze heures et il est plus de midi.

RODION, avec colère.

On m'a apporté ce papier, il y a un quart d'heure. Malade, fiévreux, c'est déjà bien beau de ma part de m'être rendu à votre assignation.

LE JUGE.

Ne criez pas!

RODION.

Je ne crie pas, je parle très posément. C'est vous qui criez. Je suis étudiant, et je ne permets pas qu'on le prenne sur ce ton-là avec moi!

LE JUGE.

Taisez-vous et ne faites pas l'insolent. Vous êtes à l'audience.

RODION.

Vous aussi, vous êtes à l'audience. Pourtant, non content de crier, vous fumez une cigarette, par conséquent vous nous manquez de respect à tous.

LE JUGE, embarrassé.

Cela ne vous regarde pas. Faites la déclaration qu'on vous demande. (Au greffier.) Passez-lui le dossier, Alexandre. (A Rodion.) Il y a des plaintes contre vous.

RODION, tendant le papier au juge, sans lire.

Qu'est-ce que c'est?

LE JUGE.

Un billet dont votre logeuse vous réclame le paiement... Allons, écrivez vite ce que je vais vous dicter. Vous, Alexandre, appelez la jeune fille qui est citée comme témoin dans l'affaire de l'usurière assassinée.

RODION.

Aléna !

Entre Porphyre.

LE JUGE.

Ecrivez donc : « Ne pouvant pas payer aujourd'hui la somme réclamée par ma logeuse, je promets de m'acquitter... » A quelle date ?

RODION, passant la main sur son front.

Quelle date ?... Je ne sais pas.

LE JUGE.

Il faut savoir ! Voyons, le premier ?...

RODION.

Oui, le premier.

LE JUGE, dictant.

« D'ici là je ne sortirai pas de la ville, je ne ferai aucune vente ni cession de mon avoir. » (Il se lève et regarde Rodion.) Vous ne pouvez pas écrire, la plume tremble dans votre main... Vous êtes malade ?

RODION.

Oui... la tête me tourne.

PORPHYRE, qui s'est approché de Rodion, lui tape sur l'épaule.

Et il y a longtemps que vous êtes malade ?

RODION.

Depuis hier.

PORPHYRE.

Mais hier, vous êtes sorti de chez vous ?

RODION.

Oui.

PORPHYRE.

Malade ?

RODION.

Oui...

PORPHYRE.

A quelle heure ?

RODION.

Entre sept et huit heures du soir.

PORPHYRE.

Et où êtes-vous donc allé? Permettez-moi de vous poser cette question?

RODION.

Dans la rue...

PORPHYRE.

Court et clair !... (Il prend la main de Rodion.) Mais vous avez un fort accès de fièvre, mon cher ami; il ne faut pas aller au froid comme cela. Restez ici, un moment, à vous chauffer. Vous ne vous ennuierez pas... vous assisterez à un interrogatoire relatif au meurtre de la vieille Alena. On cite une jeune fille... Sonia... c'est la dernière personne qui soit montée chez la vieille...

RODION.

Sonia !

PORPHYRE.

Au fait, vous la connaissez?

RODION.

C'est une martyre ! J'espère bien qu'on ne la soupçonne pas.

PORPHYRE.

Non.

RODION.

Ni vous ni moi, Porphyre Pétrowitch, ne sommes dignes de baiser le bas de sa robe.

Porphyre regarde Rodion ironiquement et sourit. Un silence.

PORPHYRE, bas, désignant le juge.

Que pensez-vous de cet homme-là? Ce n'est pas un méchant garçon, mais je ne le crois pas bien malin.

RODION.

Il n'est pas poli non plus !

PORPHYRE.

Dame ! ce n'est pas un artiste comme vous, comme moi, Rodion Romanowitch.

SCÈNE II

LES MÊMES, SONIA.

PORPHYRE.

Entrez, ma fille.

SONIA.

Je suis prête à dire tout ce que je sais, Excellence.

LE JUGE.

Bon. Tâchez de bien rappeler tous vos souvenirs. Il y avait longtemps que vous connaissiez Alena?

SONIA.

J'allais la trouver de temps en temps. Quand j'étais par trop gênée, pour mettre des bijoux en gage.

LE JUGE.

Et connaissiez-vous les gens qui fréquentaient chez elle ?

SONIA.

Non, Excellence. Je n'y ai jamais rencontré personne. Elle me donnait des rendez-vous à heure fixe. Elle était très défiante, vous savez.

LE JUGE.

Et le jour du crime vous n'avez rien remarqué de particulier dans sa chambre?

SONIA.

Non, elle avait l'air très tranquille. Quand j'ai sonné elle était occupée à préparer son dîner. J'ai vu des pommes de terre qui cuisaient sur son poêle, dans une petite jatte. Pendant que nous causions, elle s'est dérangée deux fois pour les retourner dans le plat. Et comme je lui demandais en riant. « Est-ce que vous avez invité quelqu'un à dîner ce soir, Aléna ? ». Elle m'a répondu : « Je n'attends jamais personne, Sonetchka. »

PORPHYRE, à Rodion.

Et une heure après elle était morte. Est-ce que ces détails ne vous font pas frémir? Il me semble que je vois la scène.

RODION, ricanant.

Vous avez l'âme bien impressionnable pour un policier.

LE JUGE.

Continuez... Et quand vous êtes descendue, dans l'escalier, vous n'avez rencontré personne?

SONIA.

Si fait, au bas des marches, deux ouvriers qui s'en allaient après leur besogne faite. Ils riaient, ils chantaient... Oh! ils n'avaient pas l'air de criminels.

PORPHYRE, au juge.

Oui, je vous ai parlé de ces gens-là. On les a interrogés dès la première heure. Ce sont de braves garçons, tout à fait inoffensifs.

LE JUGE.

Et vous n'avez rien remarqué dans la rue, devant la porte?

SONIA.

Non, Excellence. Alena m'avait refusé ce que je lui demandais, j'étais toute triste, je marchais les yeux baissés.

LE JUGE.

Et le lendemain, quand vous avez appris la nouvelle du crime, qu'avez vous pensé?

SONIA.

J'ai fait une prière pour la morte.

LE JUGE.

Retirez-vous... On vous rappellera si on a encore besoin de votre témoignage. Greffier, apportez-moi le dossier du peintre.

Il confère à voix basse avec Porphyre.

SONIA, s'en allant.

Tiens! vous voilà, Rodion Romanowitch. Etes-vous aussi cité pour l'affaire d'Alena?

RODION.

Non, non, moi, mon cas est bien plus grave! On veut me faire donner de l'argent. Eh bien! avez-vous payé un habit neuf à votre père?

SONIA.

Je vous en prie, ne me parlez pas de cela, Rodion.

RODION, gravement.

Je n'ai pas voulu vous affliger, Sonetchka. Je connais votre histoire. Je sais tout ce que vous avez fait pour cet incorrigible ivrogne.

SONIA.

Oh! Rodion.

RODION.

Vous avez un très noble cœur, Sonetchka. Je vous estime; si vous saviez comme cela est bon de pouvoir estimer quelqu'un comme je fais pour vous.

SONIA.

Ne raillez pas, Rodion.

RODION, avec colère.

Est-ce que j'ai l'air de railler. (Un silence, il reprend doucement.) Promettez-moi une chose : si jamais vous tombiez malade et que je sois encore de ce monde, vous me le feriez dire?...

SONIA.

Hélas! bien volontiers.

RODION.

Adieu, je viendrai peut-être vous voir, sans cela, un de ces jours, pour causer avec vous... peut-être... (Brusquement.) Adieu!

SONIA.

Adieu, Rodion.

Sonia sort.

SCÈNE III

LES MÊMES, moins SONIA.

RODION, à Porphyre.

Eh bien! voilà une déposition qui n'éclaire pas beaucoup nos recherches. Si l'on a pas d'autre témoignage à invoquer, le meurtrier d'Alena pourrait bien rester impuni.

PORPHYRE.

L'assassin de cette vieille femme doit être un coquin très résolu, pour n'avoir pas hésité à commettre un crime dans des conditions si périlleuses. C'est miracle qu'il n'ait pas été pris sur le fait. Pourtant, malgré son audace, ses mains tremblaient, il n'a pas su voler... la présence d'esprit l'a abandonné. Les faits le démontrent clairement.

RODION, froissé.

Vous croyez ? Eh bien, mettez-lui donc la main dessus, arrêtez-le.

PORPHYRE.

Patience, Rodion Romanowitch, nous l'arrêterons.

RODION.

Oui, vous? Allons donc! Vous perdrez vos peines... Pour vous toute la question est de savoir si un homme fait oui ou non de la dépense. Voilà un garçon qui ne possédait rien; tout d'un coup il se met à jeter l'argent par les fenêtres : donc il est coupable. En se réglant là-dessus un enfant, s'il le voulait, se déroberait à vos recherches...

PORPHYRE.

Le fait est que presque tous les meurtriers se conduisent de la sorte. Après avoir déployé beaucoup d'adresse dans le crime, ils se font prendre au cabaret. Ils ne sont pas aussi malins que vous... vous, naturellement, vous n'iriez pas au cabaret ?

RODION, fronçant les sourcils.

Vous voulez savoir comment j'agirais en pareil cas ?

PORPHYRE.

Je le voudrais.

RODION.

Vous y tenez beaucoup ?

PORPHYRE.

Oui.

RODION.

Bien. Voici ce que je ferais. Je prendrais l'argent et

les bijoux, puis, au sortir de la maison, je me rendrais dans quelque endroit solitaire, dans un chantier de construction, une maison en ruines. Je ferais un trou... J'enterrerais mon vol et je m'en irais. Pendant un an, pendant deux ans, je laisserais là mon trésor... eh bien! cherchez maintenant.

PORPHYRE.

Croyez-moi, vous vous feriez prendre comme les autres!

RODION.

Allons donc! Je ne ne me serais pas fié à l'inspiration. J'aurais tout calculé à l'avance...

PORPHYRE.

Oui, mais il y a toujours un détail, un rien qui échappe à l'attention du meurtrier, un événement de hasard, un indice qui perd...

RODION.

Mais vous voyez bien que cette fois vous n'en tenez pas, d'indice!

PORPHYRE.

Vous vous trompez, Rodion, et l'arrestation de l'assassin n'est plus qu'une affaire de temps.

RODION.

Rêveries de policier!

PORPHYRE.

Non, certitude! Je parle dans votre intérêt, Rodion Romanovitch, il serait peut-être habile de votre part de m'aider dans mes recherches.

RODION.

Comment cela?

PORPHYRE.

Oui. Je soupçonne... j'ai la certitude que c'est un étudiant qui a fait le coup... Qui sait? c'est peut-être un de vos anciens camarades... Vous ne connaîtriez pas un étudiant pauvre, ambitieux, résolu, je ne dis pas un criminel vulgaire, mais un homme capable de tout

RODION.

Mais supposez qu'en effet je soupçonne quelqu'un, c'est une délation que vous me demandez là ?

PORPHYRE.

Non, Rodion Romanovitch, un aveu !

SCÈNE IV

LES MÊMES, LE MAÇON.

Bruit dans la coulisse. Un homme hagard se précipite jusque devant le bureau du juge.

LE MAÇON.

Justice ! justice !

LE JUGE.

Quelle est cette canaille qui entre dans un bureau de police en vociférant comme un damné ? Il n'y a donc personne à la porte ?

UN GARDIEN.

Excellence, il nous a échappé et il est entré malgré nous.

LE JUGE.

As-tu été cité ?

LE MAÇON.

Non.

LE JUGE.

Eh bien ! alors, fais ta demande d'audience, on t'indiquera un jour.

LE MAÇON.

Non ! pas demain, écoutez-moi tout de suite, je viens me livrer.

PORPHYRE.

Pourquoi ?

LE MAÇON.

J'ai commis un crime.

PORPHYRE.

Un crime, toi ?

LE MAÇON.

J'ai assassiné...

PORPHYRE.

Assassiné...

LE MAÇON.

Pour voler...

PORPHYRE.

Qui ?

LE MAÇON.

Aléna, la vieille usurière.

RODION, hébété, riant.

Lui !

PORPHYRE, avec volubilité.

Ce n'est pas vrai. Je te reconnais, on t'a déjà interrogé, tu as prouvé un alibi.

LE MAÇON.

J'ai menti... Mais c'est elle, la vieille... qui me poursuit... en rêve... Elle me menace avec son doigt... elle veut que je meure... que j'expie... J'ai essayé de me pendre... je n'en ai pas eu le courage.

LE JUGE, au greffier.

Ah ! nous le tenons !

PORPHYRE.

Mais non ! vous voyez bien que cet homme est fou. Le retentissement du crime, la lecture des journaux, la peur lui ont troublé la raison... Prouve ce que tu dis !

LE MAÇON.

La hache sanglante que l'on a retrouvée dans la chambre vide derrière la porte...

PORPHYRE.

Eh bien...

LE MAÇON.

C'est la mienne.

PORPHYRE, à part.

C'est étrange ! Comme on est trompé par ses impressions !

LE JUGE, aux gardiens.

Assurez-vous de cet homme.

LE MAÇON.

Oh! je ne me sauverai pas. Pour l'amour de Dieu, c'est tout ce que je vous demande — ne me laissez pas seul!

LE JUGE.

Nous n'avons pas perdu notre matinée. (Il range ses papiers.) Notre père le tzar est habilement servi par sa police, et je vous félicite, messieurs, du concours dévoué que vous m'avez prêté dans ces circonstances difficiles... La séance est levée.

Il sort.

SCÈNE V

PORPHYRE, RODION.

PORPHYRE.

Allons! je me suis trompé... Pourtant si jamais j'ai cru tenir une bonne piste! Enfin!... Rodion...?

RODION, sortant d'un rêve.

Hein?

PORPHYRE.

J'ai une confession à vous faire et un pardon à vous demander...

RODION.

Voyons.

PORPHYRE.

Savez-vous qu'un moment j'ai cru — votre conduite, vos paroles me semblaient si étranges — que le meurtrier... c'était vous.

RODION, éclatant de rire, nerveusement.

Moi!... ah!... ah!... ah!

Rideau.

CINQUIÈME TABLEAU

Une mansarde, porte au fond et porte à droite, donnant sur la seconde chambre de l'appartement. Meubles misérables. — Marméladoff est couché sur un divan, Catherine lave et étend des linges.

SCÈNE PREMIÈRE

MARMÉLADOFF, CATHERINE, VÉRA,
UN PETIT GARÇON.

CATHERINE.

Véra, si tu ne fais pas taire ton petit frère, je te donne le fouet.

VÉRA.

Il veut une tartine, il n'est pas raisonnable.

CATHERINE.

Que le diable emporte les enfants qui ont toujours faim, quand il n'y a rien à leur donner à manger.

MARMÉLADOFF, se soulevant sur son divan.

Ni à boire!

CATHERINE.

Ah! oui! parle de cela, chien d'ivrogne, quand tu viens de nous rentrer après trois jours de bordée, tes vêtements déchirés, chassé définitivement de ta place, et une bosse sur le front à faire honte à un chrétien. Mon Dieu, mon Dieu! Qu'est-ce que j'ai donc fait pour rencontrer un homme pareil, moi qui étais si travailleuse! Je savonnerais et je repasserais jusqu'à la dernière minute de mes forces. Ah! ce n'est pas défunt

Serge Fédorowitch, mon premier mari, qui m'aurait laissée m'échiner comme cela. Quel bel homme c'était! La main un peu vive, mais le cœur tendre!

MARMÉLADOFF.

Ne crois pas me blesser en me comparant à cet homme admirable. Je regrette de ne pas l'avoir connu et je sens combien j'étais indigne de lui succéder.

CATHERINE.

Dans ce temps-là j'habitais un vrai appartement, avec des gravures sur les murs. Le portier me saluait quand je passais. Véra allait dans une pension. Et maintenant! Où en sommes-nous tombés! Nous avons été chassés de notre logis. Et si nous n'avions pas trouvé cette mansarde où personne ne veut habiter depuis que la vieille usurière y a été assassinée, nous passerions la nuit sous les ponts.

MARMÉLADOFF.

J'y ai couché, Catherine, on y est très mal.

CATHERINE.

Alors, tu as tout bu?

MARMÉLADOFF.

Oh! j'ai été volé.

CATHERINE.

Par qui?

MARMÉLADOFF, geste indécis.

Est-ce que je sais.

CATHERINE.

Comment, misérable!

Elle le prend par les cheveux.

MARMÉLADOFF.

Ah! tire, tire! ne crois pas que je veuille me soustraire au châtiment.

CATHERINE.

Oui, c'est en prison que tu devrais être!

MARMÉLANDOFF.

Aïe! aïe! Non! tu ne me fais pas assez mal, j'expie! Je voudrais que la mèche te restât dans la main. Tire, la douleur purifie.

CATHERINE, redoublant de violence.

Ah! c'est comme ça que tu le prends. Attends, je vais te purifier une fois pour toutes!

MARMÉLADOFF, à ses enfants.

Mes enfants, soyez témoins de la résignation avec laquelle j'accepte la punition que j'ai méritée. Et quand vous serez grands, vous vous direz : Notre père était un ivrogne, un crapuleux ivrogne, mais il avait si fort le sentiment de son indignité qu'il aurait voulu avoir toute la terre comme spectatrice de sa contrition.

On frappe à la porte.

CATHERINE.

Qui vient là? Il n'y a plus que le malheur qui puisse entrer par cette porte.

MARMÉLADOFF, se levant avec peine.

Ce sont des chrétiens qui viennent voir un chrétien se repentir.

SCÈNE II

LES MÊMES, RODION, DOUNIA.

RODION.

Pardon, je ne savais pas que ce logis fût déjà occupé.

CATHERINE.

Il l'est. Et nous ne vous devons rien que je sache? Ainsi...

DOUNIA.

Viens, Rodion, nous nous sommes trompés. Et puis vraiment, si c'est pour me faire plaisir que tu n'as entraînée jusqu'ici, je t'assure que je ne suis pas curieuse de voir où le crime s'est passé.

RODION.

Un moment. (Mettant la main sur le bras de Catherine.) Nous sommes bien dans le logement qu'habitait Aléna?

CATHERINE.

Vous y êtes.

RODION.

Mais je ne le reconnais pas. Il y avait un papier à fleurs sur le mur.

CATHERINE.

On l'a changé.

RODION, irrité.

Pourquoi?

CATHERINE.

Vous auriez peut-être voulu que l'on laissât le sang par terre?

MARMÉLADOFF.

Je t'en prie, Catherine, quitte ce ton agressif. Monsieur est un homme du monde, du meilleur monde. Nous nous sommes rencontrés quelque part, je ne me souviens pas où, car ma pauvre tête a été si fatiguée depuis quelques jours. Où était-ce? Au ministère?

Catherine hausse les épaules.

RODION.

Au traktir du Marché au Foin.

MARMÉLADOFF.

Chut!

RODION.

Mon Dieu! madame, nous ne pensions trouver personne. Voici ma sœur qui arrive du gouvernement d'Orel et qui est curieuse comme toutes les personnes qui viennent de province. Elle a beaucoup entendu parler du crime, elle m'a persécuté... (Il regarde Dounia.) pour que je la menasse voir l'endroit où la vieille a été tuée. Vous êtes femme, vous savez ce que c'est qu'un désir...

DOUNIA, s'approchant de Catherine.

Excusez-nous, madame. Ce n'est pas moi qui ai eu cette envie. Mais ce crime a troublé l'esprit de beaucoup de gens. Mon frère connaissait l'usurière, il était malade au moment où l'assassinat a été commis, il en est resté très frappé.

CATHERINE.

Oh! si c'est cela, mademoiselle, laissez-le regarder.

RODION, qui depuis quelques moments se promène à travers la pièce.

Vois-tu, autrefois, Aléna n'habitait pas dans cette

pièce. Son lit était dans l'antichambre, là-bas, au fond. Jamais personne n'entrait là. Elle vous recevait dans cette pièce d'entrée. C'est là qu'elle a dû introduire l'assassin... Oh! il connaissait la maison! Il avait tout préparé d'avance. Il a dû frapper tout de suite sans attendre. Il sera entré avec l'instrument caché derrière lui... la vieille était défiante... C'était une hache, n'est-ce pas?

MARMÉLADOFF.

Une hache, oui, au moins je l'ai lu dans les journaux.

RODION.

Oui, c'est cela. Il va à la porte, il fait trois pas. Et... han!

Il lève le bras et fait le geste de frapper.

CATHERINE.

Mais oui! c'est là même, là où était la plus grosse flaque de sang. On a eu beau laver, elle marque toujours. Nous y avons pourtant mis du chlore, n'est-ce pas, Véra?

RODION.

Ah! le sang, voyez-vous, ça ne s'efface pas!

DOUNIA.

Rodion, laisse tout cela, je t'en prie. Ces excitations te sont mauvaises. Tu n'es pas un homme de police?... Tu n'es pas chargé de rechercher le criminel et de le punir. Pauvre malheureux! C'est pour quelque argent qu'il aura fait cela. Et comme il doit souffrir à l'heure qu'il est.

RODION.

Oui, il doit bien souffrir. Pense donc, car enfin, le crime commis, il a dû passer ici une minute horrible avant de savoir comment il se sauverait!

CATHERINE.

Ah! oui! Si, comme on le dit, on est venu sonner à la porte pendant qu'il était encore dans sa chambre.

RODION.

Il y était, n'en doutez pas. Songez quelle horreur! Caché là derrière la porte, l'oreille aux aguets, lorsque tout à coup, il a entendu des pas qui montaient l'escalier, qui s'arrêtaient sur le palier et qu'au dessus de sa tête... la sonnette... (On sonne.) Ah! ah!

Véra va ouvrir la porte.

SCÈNE III

LES MÊMES, PORPHYRE, LE MAÇON.

PORPHYRE.

Madame, je vous demande pardon. (Exhibant un papier.) Voici l'ordre de la police.

MARMÉLADOFF, s'avance, prend le papier.

Il est en règle... Entrez, monsieur, vous êtes chez un fonctionnaire.

PORPHYRE.

Oh! nous ne vous dérangerons plus. C'est une dernière constatation... J'ai là deux hommes qui amènent le maçon qui s'est dénoncé. Un détail encore, qui nous est nécessaire... une simple formalité... (Apercevant Rodion.) Tiens, mais que faites-vous là, vous?

RODION, troublé.

Je suis venu voir mon vieil ami Marméladoff...

PORPHYRE.

Ah, je ne vous savais pas si lié!... C'est un hasard étrange qui vous fait assister ainsi à toutes les phases de cette affaire... Est-ce vraiment un hasard? J'ai le sentiment que, après moi, vous êtes l'homme du monde qui vous intéressez le plus à ce procès.

RODION.

Je croyais que nous nous étions déjà expliqués là-dessus, Porphyre Pétrowitch?

PORPHYRE, à Catherine.

Madame, on va introduire l'assassin... Voici des enfants et une jeune femme auxquels il vaudrait mieux épargner ce pénible spectacle... Ne voulez-vous pas vous retirer dans la chambre voisine?

CATHERINE.

C'est cela... J'en ai assez, moi, des logis où l'on vient faire des perquisitions... Enfin ! (A Dounia.) Mademoiselle...

VÉRA.

Je veux rester, moi. Je veux voir l'assassin.

CATHERINE.

Hein ?

Elle lui donne une claque et la pousse dans la chambre.

SCÈNE IV

PORPHYRE, MARMÉLADOFF, LE MAÇON,
DEUX HOMMES DE POLICE.

PORPHYRE.

Allons, amenez-le !... Eh bien, mon pauvre garçon ?

RODION, inquiet.

Il s'accuse toujours ?

PORPHYRE.

Vous voyez bien... (Au maçon.) Allons, te reconnais-tu ?

LE MAÇON.

Oui.

PORPHYRE.

Il n'y a rien de changé !

LE MAÇON.

Non.

PORPHYRE.

En es-tu sûr ?

LE MAÇON.

J'en suis sûr.

PORPHYRE.

Eh bien, tu te trompes, on a collé un papier neuf.

RODION.

Oh ! c'est un détail insignifiant... Il a bien pu ne pas s'en apercevoir.

PORPHYRE.

Je gage que vous l'avez remarqué, vous ?

MARMÉLADOFF.

Ah çà, c'est vrai! c'est le premier mot que monsieur a prononcé en entrant... Le commissaire nous avait recommandé d'attendre et de tout conserver en état, mais ma femme a tant taquiné le propriétaire...

PORPHYRE.

Va pour le papier! Ce n'est pas de cela qu'il s'agit, d'ailleurs. Voyons, Mitka, par où t'es-tu sauvé?

LE MAÇON, hébété.

Par la fenêtre.

PORPHYRE.

Allons, tu plaisantes... Tu n'as pas pu dégringoler trois étages sans qu'on te vît... Et puis, par quel moyen serais-tu descendu?

LE MAÇON.

Avec les draps de la vieille.

PORPHYRE.

Tu radotes : on les a retrouvés dans son lit.

LE MAÇON.

Eh bien non, je vais vous avouer la vérité, Porphyre Pétrowitch : je me suis enfui par la cheminée.

PORPHYRE.

Celle-ci?

LE MAÇON.

Non ; celle de la chambre.

PORPHYRE.

Mais il n'y en a pas dans la chambre.

LE MAÇON.

Vous voulez le vrai? Eh bien, j'ai sauté dans l'escalier, je suis descendu très vite.

PORPHYRE.

Et personne ne t'aurait vu?

LE MAÇON.

Mon Dieu, Porphyre Pétrowitch, ayez pitié de moi, je ne me souviens de rien. Faites ce que vous voudrez, mais, pour l'amour de Dieu, ne me tourmentez plus.

PORPHYRE, furieux

Il n'y a rien à tirer de cette brute. Emmenez-le.

On emmène le maçon.

MARMÉLADOFF.

Voilà une scène qui m'a vivement intéressé, et je ne saurais trop vous remercier, monsieur l'officier de police... Veuillez croire que je suis profondément mortifié de n'avoir rien à vous offrir... Pas le plus ordinaire des rafraîchissements... Pas même une tasse de thé. Mais nous sommes très pauvres, je ne suis que le second mari de ma femme et...

PORPHYRE, à Rodion.

Quel est votre avis sur cet homme-là ?

RODION.

Et le vôtre, Porphyre Pétrowitch ?

PORPHYRE.

Mon avis est que Mitka sera probablement pendu dans un mois, et qu'il est innocent... Au revoir.

Il sort.

SCÈNE V

MARMÉLADOFF, RODION, CATHERINE, DOUNIA.

CATHERINE.

Eh bien ? a-t-il fini, cet homme de police ?

MARMÉLADOFF.

Je t'en supplie, Catherine, parle plus respectueusement d'un fonctionnaire !

DOUNIA, à Rodion.

Comme tu es pâle !

RODION.

Si tu savais ce qu'il m'a dit !

DOUNIA.

Qui ?

RODION.

Lui !

DOUNIA.

Mais, Rodion...

RODION.

Ah ! ne me touche pas! (A part.) Cet homme, à ma place !

DOUNIA.

Quel homme ?

RODION, *avec exaltation.*

Oui, oui, c'est cela qui serait le crime.

CATHERINE.

Quel visage ! (*A Dounia.*) Est-ce que le batouchka a le mal sacré, l'épilepsie ?

DOUNIA, *avec angoisse.*

Non ! Il va revenir à lui !

RODION, *croyant apercevoir Aléna.*

Ah, elle, maintenant, elle !

CATHERINE.

Qu'est-ce qui lui prend, mon Dieu !

RODION.

Elle rit, elle me nargue. (*Résolument.*) Ah !

Il marche vers la vision et fait le geste de la frapper.

DOUNIA.

Mon Dieu, mon frère... il est fou !

Catherine la soutient.

CATHERINE.

Qu'est-ce qui lui prend ?

RODION.

Que veux-tu ? Va-t'en... va-t'en ! que fais-tu là, avec ta plaie qui s'élargit, qui grandit ?... Pourquoi reviens-tu tout à coup ? Tu étais bien morte ?... Elle se lève... comme elle est grande !... Elle étend le bras... elle me menace... elle marche vers moi... Je ne veux pas te voir... Assez... laisse-moi... ne m'approche pas... ne me touche pas .. Tu veux que j'avoue ?... j'avouerai !

Rideau.

SIXIÈME TABLEAU

Chez Sonia. — Une chambre de maison meublée. Un lit. Une toilette chargée de pots de fard. Au lever du rideau, Sonia achève de repasser un jupon blanc souillé de boue.

SCÈNE PREMIÈRE

SONIA, *chantant.*

Ne m'achète rien, ma mère,
Robes, ni bijoux,
Car la fille qui t'est chère
N'aura pas d'époux.

Elle va au poêle pour prendre le fer qui chauffe.

(*Parlé*). Oh, mon feu va mourir... et je n'ai plus de charbon.

Ne pare point mon corsage
D'un bouquet fleuri,
Pour moi pas de mariage
Et pas de mari !

Elle va à la fenêtre.

Comme il fait mauvais ce soir... quel ennui de sortir... Toujours la neige... voilà trois jours qu'elle tombe... il y a pourtant des gens dehors... Que veut donc cet homme qui se promène de long en large devant la maison ?... le collet de son manteau est relevé... il n'a pas l'air d'avoir chaud. Brrr !... (*Elle frissonne.*) Allons. (*Elle s'approche de sa toilette. Elle met du rouge, se poudre.*) Je n'ai pas bien bonne mine ; encore, si j'étais gentiment attifée... tout ça est vieux... Bah ! l'hiver est bientôt fini... Ah ! si ça pouvait être le dernier !

SCÈNE II

LE PORTIER, SONIA.

LE PORTIER.

Sonetschka, il y a en bas quelqu'un qui vous demande.

SONIA.

Qui donc ?

LE PORTIER.

Pas un grand seigneur, pour sûr... Il est même drôlement vêtu.

SONIA.

Il n'a pas dit son nom ?

LE PORTIER.

Minute ! Depuis l'affaire de la vieille, j'ai de la méfiance. Je lui ai dit qu'on n'entrait pas comme ça chez les femmes seules. Je lui ai demandé sa carte. Bien entendu, il n'en avait pas... Alors il a tiré de sa poche une lettre qu'il vous avait écrite, pour le cas où vous seriez sortie. Il me l'a donnée... Tenez.

SONIA.

Voyons ! (Elle lit.) « J'ai besoin de te voir, Sonia, absolument besoin de te voir, de te parler. Je viendrai ce soir. Attends-moi. » Et il est là, en bas ?

Entre Rodion.

RODION.

Il est là !

Le portier sort.

SCÈNE III

RODION, SONIA.

SONIA.

Tiens, c'est vous?

RODION.

C'est moi.

SONIA.

Entrez...

RODION.

Vous alliez sortir ?

SONIA.

Mon Dieu ! oui...

Un silence, il va à la fenêtre.

RODION.

Par ce temps-là ?

SONIA, avec un geste de résignation.

Par tous les temps.

RODION.

Ne sortez pas !

SONIA.

Mais, Rodion...

RODION.

Ne sortez pas... j'ai à vous parler.

SONIA.

Et demain...?

RODION.

Demain je serai parti.

SONIA.

Parti... pour longtemps?

RODION.

Pour toujours !

SONIA.

Il le faut ?

RODION.

Il le faut.

SONIA.

Pourquoi restez-vous debout ?

RODION, brusquement.

Tout à l'heure !... C'est votre logement, ici ?

SONIA.

Oui.

RODION.

C'est triste...

SONIA.

Et froid... Je suis bien fâchée, le feu vient justement de s'éteindre... je n'ai pas de quoi le rallumer.

RODION.

Oh! ça m'est égal.

SONIA.

Vous avez du chagrin, Rodion?

RODION.

Euh!

SONIA.

C'est ce départ qui vous afflige?

RODION, absorbé.

Dites-moi?

SONIA.

Quoi?

RODION.

Il y a une chambre là?

SONIA.

Oui... elle est vide...

RODION.

Tant mieux!

SONIA.

Est-ce que ce n'était pas vous que j'ai vu, tout à l'heure, sur le trottoir devant la porte? Vous aviez l'air de regarder devant la maison et de ne pas oser entrer? Dites? Est-ce que vous aviez honte?

RODION.

Je n'étais pas sûr de l'adresse.

SONIA.

Oh! dans le quartier toutes les maisons se ressemblent. Eh bien! voyons, pourquoi êtes-vous venu?

RODION.

Le mois dernier au bureau de police, te souviens-tu... je t'ai rencontrée et je t'ai dit... que... peut-être... un jour... je viendrais te trouver... eh bien voilà! je suis venu...

SONIA, avec angoisse.

Et...

RODION, devinant sa pensée.

Non ! non !... Tu vois bien que je suis hors de moi... j'ai quelque chose à dire qui m'étouffe.

SONIA.

Quoi donc ?

RODION.

Donne-moi du temps !

SONIA.

Moi ?

RODION, brusquement.

Je ne veux pas qu'on m'interroge.

SONIA.

Mais, Rodion, je ne suis pas curieux de vos secrets... seulement...

RODION.

Seulement ?

SONIA.

Je souffre de vous voir si agité... et puis votre colère me fait de la peine.

RODION.

De la peine... à toi ?

SONIA.

Oui.

RODION.

Qu'est-ce que cela te fait que je sois malheureux ?

SONIA.

Quand on est malheureux soi-même, on s'attriste facilement de la peine des autres.

Elle lui met la main sur le bras.

RODION.

Sonia !

SONIA.

Rodion !

RODION, d'une voix tremblante.

Tu ne peux pas savoir comme ta pitié tombe bien.

SONIA.

Ma pitié?

RODION.

J'avais bien senti... quand je t'ai vue... dès la première fois... qu'un jour viendrait où tout me manquerait... où j'irais vers toi pour être consolé.

SONIA.

Oh! si je pouvais!... mais vous n'avez donc plus de parents... plus d'amis?...

RODION.

Ma mère, ma sœur, mes amis, tous ceux qui m'aimaient, je me suis séparé d'eux, pour toujours... je n'ai plus que toi.

SONIA.

Moi! Je compterais pour quelque chose dans votre vie?

RODION.

Oui... toi... toi... parce que tu peux seule me comprendre... parce que tu as souffert, toi aussi, tu as souffert dans ta chair. (Il lui prend la main.) Ta pauvre petite main, comme elle est maigre, et pâle! On voit au travers!

SONIA, souriant.

Je n'ai jamais été bien robuste.

RODION.

Et ton corps d'enfant, que tu as usé de veilles et de fatigues...

SONIA.

Il le fallait.

RODION.

Et, plus que tout cela, la révolte de ton cœur..., l'outrage constamment subi... Mais comment as-tu pu, avec tes délicatesses d'âme, supporter une vie pareille?... Il valait mieux mille fois te jeter à l'eau, en finir d'un seul coup!

SONIA.

Oui, mais qu'est-ce qu'ils seraient devenus, ceux qui avaient besoin de moi?

RODION, se promène de long en large.

Oui, c'est vrai, travailler, gagner la vie pour toute une famille, est-ce que c'est possible pour une femme!

SONIA.

La dernière fois que j'ai essayé de travailler, c'était pour la femme d'un général... j'ai apporté mon ouvrage, je suis venue trois fois en demander le prix, à la fin les domestiques m'ont jetée à la porte.

RODION.

Et ta belle-mère, elle se fâchait quand tu ne rapportais pas d'argent?

SONIA.

Oh! la pauvre femme, elle est tellement aigrie par le malheur.

RODION.

Elle te battait?

SONIA.

Si vous saviez comme je lui pardonne!

RODION.

Et sans doute ta petite sœur Polotchka se dévouera comme tu t'es dévouée.

SONIA, terrifiée.

Oh! non, cela n'est pas possible. Dieu ne permettra pas une pareille abomination!

RODION.

Il en permet bien d'autres.

SONIA.

Elle, la chère petite innocente... le doux petit ange... ma Poletchka qui ne sait rien de la vie, rien du mal, qui sourit avec tant de confiance quand je lui parle... ma petite sœur, cette pureté, cette âme candide... Elle, souffrir comme j'ai souffert! Non, cela ne sera pas... (Elle se tord les mains. — Rodion porte la main à son front, puis il s'agenouille devant Sonia et lui baise le pied.) Que faites-vous?

RODION.

Ce n'est pas devant toi que je m'agenouille, c'est devant toute la souffrance humaine!

5

SONIA.

Rodion, vous ne me trompez pas, vous ne vous jouez pas de moi... ce serait mal... De tout autre, une raillerie ne me surprendrait pas... j'y suis faite, résignée... mais de vous...

RODION.

Eh bien, de moi?

SONIA.

Vous êtes le seul qui ne m'ayez jamais fait honte; vous avez vu des larmes dans mes yeux, elles ne vous ont pas fait rire, vous avez deviné que j'avais encore un cœur pour souffrir...

RODION.

Et pour aimer, n'est-ce pas?

SONIA.

Ah! est-ce que ce serait possible! Quel réveil, quelle lumière! Toutes mes douleurs oubliées, tout, pour une minute pareille... Je redeviendrais une femme, j'aurais ma part de joie comme les autres... de tendresse... de respect... mais non; non, ça ne se peut pas, ça ne se peut pas, qui voudrait de moi? (Rodion lui tend les bras.) Toi! — Ah! mon Dieu!

RODION, caressant la tête de Sonia avec sa main.

Sonia, réveille-toi, ouvre les yeux à la clarté qui nous inonde, Sonia, ma chère âme, vois ma joie aussi grande que ton bonheur. Comment avons-nous pu retarder cette heure ineffable? Il y a bien longtemps que nous sommes poussés l'un vers l'autre, par une force divine, supérieure à nous. Longtemps nos lèvres se sont cherchées avant de se joindre..., les voilà unies.

Il lui baise les lèvres. Sonia s'enivre de son baiser, puis s'arrachant brusquement.

SONIA.

Mon Dieu!

RODION, lui baise les yeux.

Tiens, pour toutes les larmes que tu as versées. (Il lui baise la bouche.) Tiens, pour tous les baisers qui t'ont souillée!

SONIA.

Efface... efface-les!

RODION.

Je t'aime!

SONIA.

Seigneur!

RODION.

Pour toujours!

SONIA.

Oh! oui, Rodion, jure-le, toujours! Après m'avoir ouvert le ciel, jure que tu ne me laisseras pas retomber de tes bras dans ma peine?

RODION.

Je le jure.

SONIA.

Emmène-moi, arrache-moi à tout ce passé... Il faut partir ensemble, de peur qu'un jour un souvenir ne se lève et te rappelle mon indignité.

RODION.

Que dis-tu!

Il devient sombre.

SONIA.

Quoi!

RODION.

Ton indignité! ne parle pas de cela!

SONIA.

Mais je sens bien...

RODION.

Tu me tues!

Il se laisse tomber sur une chaise avec accablement.

SONIA, épouvantée.

Rodion! (Il reste dans son attitude accablée.) Rodion! — Ah! tu vois bien, tu me trompais, tu te trompais!... Il n'y a pas de remède! Tu ne peux pas oublier!

Elle se tord les mains, elle tombe la tête appuyée aux genoux de Rodion.

RODION.

Ne pleure pas... Ce n'est pas de toi qu'il s'agit... Rien n'est changé... Je t'aime... nous ne nous quitterons jamais! le chemin est le même pour moi et pour toi...

SONIA.

Tu dis vrai?

RODION.

Oui, le même! j'en suis sûr!

SONIA.

Alors!

RODION.

Ce n'est pas à toi de t'humilier. Toi tu n'as porté la main que sur toi-même, tu n'as détruit qu'une vie... la tienne... moi!... Tu comprendras plus tard... Le moment n'est pas venu... j'avais cru que ce serait tout de suite... mais... maintenant... Je n'ai plus de courage!

SONIA.

Que peux-tu avoir à me dire?

RODION.

Oh! ne sois pas pressée de savoir... l'aveu que j'ai à te faire... quelle minute d'angoisse... à moins que tu n'aies pitié de moi!

SONIA.

Qui? moi, Rodion, pitié de toi?

RODION, solennellement.

Oui, pitié... Adieu... ne me retiens pas... ne m'accompagne pas... Je viendrai demain... je partirai... Adieu!

Elle le regarde sortir avec stupeur.

SCÈNE IV

SONIA, *seule.*

Mon Dieu! la tête me tourne... Que signifie son silence?... Et que m'importe son secret! Il m'aime... il m'a juré qu'il ne me quitterait plus... Que pourrais-je avoir à lui pardonner? Oui, tu peux te reposer sur mon cœur, mon bien-aimé... ma vie t'appartient... Tu m'as ressuscitée. (Elle s'agenouille.) Il m'a rendu la vie, Seigneur ; écoutez-moi quand je vous demande de faire rentrer l'apaisement dans son âme.

SCÈNE V

SONIA, RODION, rentre éperdu.

RODION.

Encore moi !... j'ai réfléchi... pourquoi attendre ? Je t'ai dit en te quittant que je viendrais te confier un secret.

SONIA.

Eh bien ?

RODION.

Tu sais l'assassinat d'Aléna, l'usurière...

SONIA.

Ne me rappelle pas cette histoire horrible.

RODION.

Je connais l'homme qui l'a tuée.

SONIA.

Comment pouvez-vous savoir cela ?

RODION.

Je le sais.

SONIA.

On... l'a trouvé ?

RODION.

Non, on ne l'a pas trouvé...

SONIA.

Alors comment ?...

RODION.

Devine...

SONIA, balbutiant.

Non !

RODION, presque violent.

Cherche bien! (Sonia regarde Rodion avec une indicible terreur; elle tend les bras en avant; ils tremblent tous deux.) As-tu deviné ?

SONIA.

Ah! (Elle attire Rodion à elle par les mains, l'oblige à la regarder dans les yeux.) Vous me trompez, n'est-ce pas?

RODION.

Non! Assez, Sonia... Épargne-moi!

SONIA.

Ah! vous vous êtes perdu!

Elle l'embrasse.

RODION.

Sonia, tu es folle... Tu m'as bien compris... Et tu m'embrasses...

Sonia attire la tête de Rodion contre son cœur.

SONIA.

Non! il n'y a pas maintenant sur la terre un homme plus malheureux que toi!

RODION.

Ainsi tu ne m'abandonneras pas?...

SONIA.

Non, non, je te suivrai partout... Malheureuse que je suis... Pourquoi n'es-tu pas venu plus tôt ?

RODION.

Tu vois bien que je suis venu vers toi!

SONIA.

Oui, mais maintenant que faire!... Oh! Rodion, j'irai avec toi jusqu'au bout.

RODION.

Que veux-tu dire ?

SONIA.

Ne vas-tu pas te livrer aux juges ?

RODION.

Me livrer!...

SONIA.

Quoi! tu voudrais porter un pareil fardeau, toute ta vie...

RODION.

Qui sait! (Avec énergie.) Je m'y ferai... peut-être. Car vois-tu, un jour je te conterai tous les détails, je ne suis pas aussi coupable que tu crois. Quand je suis monté chez la vieille je n'étais pas décidé à tuer... Je voulais m'éprouver... oui seulement... et puis tu étais là... elle t'insultait... je t'ai laissée partir... le hasard m'a mis une arme dans la main... J'ai été tenté... J'ai tué.

SONIA.

Mais on l'a volée...

RODION.

Eh bien, soit... j'ai volé... mais cet argent, est-ce que j'ai pensé à m'en servir... est-ce que je n'en ai pas eu l'horreur... est-ce qu'il ne crie pas contre moi plus fort que le sang versé!...

SONIA, avec un cri de joie.

Rodion! Tu es au bout de ta résistance?

RODION, farouche.

Oui.

SONIA.

Tu ne dors plus?

RODION.

Non!

SONIA.

Tu te repens?

Rodion baisse la tête.

Ah! s'il est vrai que tu ne peux plus vivre avec ton remords, que tu souhaites l'apaisement de ton cœur, ce n'est pas dans mes bras que tu le trouveras! Moi je n'ai pas le droit de t'absoudre... je t'aime... quoi qu'il arrive, je serai avec toi... Je te soutiendrai... je porterai la moitié de la douleur... mais, au nom du Ciel n'étouffe pas la voix de la conscience, qui parle... qui t'ordonne de t'accuser.

RODION.

Que veux-tu de moi?

SONIA.

Lève-toi, Rodion, va... tout de suite... à l'instant même... au premier carrefour... Prosterne-toi et baise la terre que tu as souillée; dis tout haut, devant tout le monde : j'ai tué ! alors tu seras soulagé, tu trouveras la paix... Iras-tu?... iras-tu?

RODION, poussant un gémissement.

Sonia, tu veux ma perte!

SONIA.

Non, ton salut!

SEPTIÈME TABLEAU

La scène représente les bords de la Néva. Il fait clair de lune. Une arche de pont sur la berge. Au fond, les îles illuminées.

SCÈNE PREMIÈRE

RODION, SONIA.

RODION.

Le troisième anneau après l'arche. C'est ici que je leur ai donné rendez-vous.

SONIA.

Es-tu sûr que tu ne te trompes pas ?

RODION.

Non. Je reconnais la place. Je n'ai rien oublié... Les dernières feuilles de cet arbre venaient de tomber... elles craquaient sous mes pas... oui, je reconnais tout.

SONIA.

Courage !

RODION.

Ah ! sans toi je n'aurais jamais osé revenir ici... Un mois ! Il y a un mois, j'étais innocent. Aujourd'hui, je viens me livrer. Est-ce que c'est possible ? Je me croyais hardi, au dessus des lois, de la justice ! (Ricanant.) Ah ! l'homme fort !

SONIA.

Ne songe qu'à la paix que tu vas recouvrer.

RODION.

Tu as raison, Sonia, Sonia ma bienfaitrice, la dernière tendresse, que j'aurai connue dans le monde ! Tu m'as guidé jusqu'ici, mène-moi au bout.

SONIA.

Oh ! l'aveu ne sera pas si terrible que tu crois. Les juges auront pitié...

RODION.

Ce ne sont pas les juges que je crains. Ce qui m'accable, vois-tu, c'est la peine que je vais causer à ma sœur. Et ma mère aussi saura tout ! Ma mère ! Elle m'a aimé de tant d'amour. Voilà comme je l'ai payée. Songe donc ! Elle avait rêvé la gloire pour moi. Elle va être réduite dans sa honte à oublier mon nom !

SONIA.

Rodion !

RODION.

Elle ne me pleurera pas. Il n'y a que toi qui puisses verser des larmes sur l'assassin, et te souvenir de lui sans horreur quand il sera mort.

SONIA.

Que parles-tu de mourir ! Les juges te feront grâce pour tes remords. Ils t'enverront en Sibérie; moi je t'accompagnerai, je serai toujours là à tes côtés pour t'encourager, te soutenir.

RODION.

Où mon crime m'envoie, Sonia, je te défends de me suivre !

SONIA.

Mais qu'est-ce que je deviendrai sans toi ! Tu dis que je t'ai relevé ?... moi aussi tu m'as transfigurée ! J'étais une pauvre créature, que l'on méprisait, dont on s'amusait, et tout à coup tu es venu, toi, tu es entré dans ma vie, tu m'as dit que tu m'aimais et à présent que tu m'as fait voir cette lumière, tu veux me l'ôter des yeux ! Non, Rodion, nous ne pouvons plus être séparés l'un de l'autre. Quoi qu'il advienne, je partagerai ton sort ! Je suis à toi, tu es à moi !

Bruit de pas.

RODION, s'arrachant à l'étreinte de Sonia.

On vient. C'est ma sœur et Razoumikine... Eloigne-toi un instant.

SCÈNE II

RODION, DOUNIA, RAZOUMIKINE, SONIA, à l'écart.

RAZOUMIKINE.

Tu nous as donné rendez-vous ici, mon cher Rodion, et bien que le lieu et l'heure soient singulièrement choisis, tu vois, nous avons fait ce que tu désirais.

DOUNIA.

Que veux-tu de nous ?

RODION.

Ecoutez, armez-vous de courage. Je vous ai demandé de venir ici, mes chers amis, pour que vous soyez des témoins et des juges.

DOUNIA.

Mon Dieu ! que se passe-t-il ? Tu me fais peur !

RODION.

C'est une minute suprême. Toi, Razoumikine, je te supplie de ne pas faire retomber sur cette innocente, la faute d'un coupable. Toi, Dounia, je te conjure de m'oublier... Vous êtes dignes l'un de l'autre. Vous avez le droit d'être heureux. Il serait par trop inique que ce crime brisât la félicité de vos deux existences !

RAZOUMIKINE.

Mais de quel crime parles-tu ?

RODION, posant sa main sur le bras de Razoumikine.

Vous avez cru que j'étais fou depuis un mois ?

RAZOUMIKINE.

Mon Dieu ! tu étais bien surexcité. Tes étranges propos... l'incohérence de tes actes... tout cela nous attristait, mais sans nous effrayer...

RODION.

Eh bien ! Je n'étais pas fou !... J'avais toute ma raison... Cette apparente démence était l'effet d'une angoisse terrible, si poignante que je n'imagine pas au monde un supplice comparable à ce que j'ai souffert. Je n'étais pas fou, entendez-vous? J'étais un criminel.

DOUNIA.

Toi!

RAZOUMIKINE.

Allons, c'est maintenant que tu déraisonnes.

RODION.

Plût à Dieu! Regarde ma figure pâle, lis dans mes yeux. Ai-je le visage d'un aliéné! Si vous conservez encore un doute, il se dissipera tout à l'heure, quand celui que j'attends sera venu. Alors je parlerai... Mais maintenant que vous pouvez encore me regarder sans horreur, croyez que je n'ai pas été ingrat, que je vous aimais, et même que, dans mon abjection, les larmes me sont souvent venues aux yeux, en pensant à votre dévouement pour moi... en pensant à ma mère.

DOUNIA.

Rodion.

RODION.

Lorsque tu la reverras, Dounia, à ce moment-là tu sauras tout. Oh! arrête la malédiction sur ses lèvres! Qu'elle ait un cri de pitié pour moi! Une mère ne se détourne jamais tout à fait de son enfant!

DOUNIA.

Mon Dieu! qu'as-tu donc fait?

RODION.

Vous allez le savoir.

SCÈNE III

LES MÊMES, PORPHYRE.

RODION.

Vous êtes exact, Porphyre Pétrowitch, et je vous en remercie, car ces dernières minutes d'attente, me sont horriblement pénibles.

PORPHYRE.

Ne me remerciez pas. Ma curiosité est très vivement excitée.

RODION.

Ce que j'ai à vous dire, le voici : c'est moi qui ai tué, pour la voler, Aléna Ivanovna, l'usurière du marché au Foin.

DOUNIA, éperdue.

Ah ! il ment !

RAZOUMIKINE.

Il est fou !

PORPHYRE.

Prouvez ce que vous dites.

RODION.

Je ne mens pas, je ne suis pas fou comme le maçon qui s'est livré. Ce que j'affirme, je le prouve... Soulevez la pierre qui est là. A cette place, vous trouverez, dans un petit coffre, les bijoux que j'ai volés chez Aléna, et que j'ai enterrés moi-même, ici, le soir du meurtre.

PORPHYRE.

Voyons.

DOUNIA, se jetant à genoux sur la place indiquée par Rodion.

Mais vous ne le croyez pas!... Vous ne ferez pas cela,... il n'y a rien... il ne peut rien y avoir... Mon frère, un meurtrier ! allons donc !

PORPHYRE.

Mademoiselle...

DOUNIA, toujours à genoux.

Vous ne m'ôterez pas de là !

RAZOUMIKINE, obligeant Dounia à se relever.

Levez-vous, Dounia ! Il faut que la vérité éclate. Faites, monsieur...

PORPHYRE, soulevant la pierre.

Je ne vois rien.

DOUNIA.

J'en étais sûre !

RODION.

Là à côté, un peu plus profondément.

PORPHYRE.

Voilà! (Il tire la cassette. Un silence. Dounia tombe dans les bras de Razoumikine.) Rodion Romanowitch, persistez-vous dans vos aveux ?

RODION.

Je les maintiens.

PORPHYRE.

C'est bien vous qui avez enterré cette cassette ?

RODION.

C'est moi.

PORPHYRE.

Seul?

RODION.

Sans complice.

PORPHYRE.

Au nom de la loi je vous arrête!

Il met la main sur l'épaule de Rodion.

RODION.

Un instant! Je pouvais fuir, je me suis dénoncé moi-même. Mais j'ai entendu me réserver le châtiment. Oh! soyez tranquille, je me suis condamné à mort. Je veux seulement ép u gner l'infamie aux miens. Or, qu'est-ce qui importe à la justice? Que l'on reconnaisse l'innocence de Mitka. (Il tire une lettre de sa poche et la donne à Porphyre.) Voilà ma déclaration... et que je sois châtié. Eh bien, quittez-moi tous, tous excepté Porphyre Pétrowitch qui doit être témoin...

RAZOUMIKINE.

Malheureux, que veux-tu faire?

RODION, montrant la rivière.

En finir!

SONIA, accourant.

Tu n'en as pas le droit ! L'expiation est incomplète, si tu meurs par toi-même, sans avoir longuement souffert dans ton orgueil et dans ta chair !

DOUNIA.

Quelle est cette femme ?

RODION.

Celle qui a eu pitié de mon âme et qui m'a conseillé l'aveu.

SONIA.

Et qui te prie maintenant, ô Rodion, d'aller aux juges, de baisser le front et d'accepter la sentence.

PORPHYRE.

Les juges ne vous enverront pas à la mort.

DOUNIA.

Nous les supplierons !

RODION.

Et que voulez-vous que je fasse de la vie, maintenant ! Les prisons, le tribunal, la condamnation, puis le convoi infâme, les fers aux pieds dans la neige des routes, et après cela le bagne, les forçats, le travail sous le fouet ! Oh ! non, laissez-moi... je ne peux pas !

SONIA.

Et moi, que tu oublies ! moi, qui coucherai à la porte de ta prison, qui te suivrai là-bas, derrière les soldats ! moi, que tu rencontreras chaque matin, quand tu iras à ton travail, moi, qui panserai les plaies de ton corps et de ton cœur, moi, qui guetterai sur ton visage les progrès de l'apaisement de ton âme. Car chaque jour, dans le travail et dans la prière, le fardeau de ton péché s'allégera. Alors tu renaîtras à une vie nouvelle et, dans la joie de l'expiation, tu attendras sans révolte l'heure de notre commune délivrance ?

RODION, avec passion.

La délivrance! Qu'attends-tu donc, Sonia, au sommet de notre calvaire?

SONIA.

La Rédemption!

Rideau.

FIN

Imprimerie générale de Châtillon-sur-Seine. — A. Pichat.

THÉATRE DE CAMPAGNE, recueil de comédies de salon (8 séries ont paru). Chaque série formant 1 vol. grand in-18, est vendue séparément. — Prix . . . . 3 fr. 50

ANTOINETTE RIGAUD, comédie en trois actes, par Raimond Deslandes (Comédie-Française) . . . . . . 2 »

MA BONNE, coméd. en 1 acte par F. Galipaux et Ch. Samson, in-18 . . Prix . . . . 1 fr. 50

LE FILS DE PORTHOS, drame en cinq actes et quatorze tableaux, par Emile Blavet (Ambigu-Comique), in-18 . . . . 2 »

LES FILS DE JAHEL, drame en cinq actes, en vers, dont un prologue, par Simone Arnaud (Odéon), in-18 3 50

« ALLÔ ! ALLÔ ! » comédie en un acte, par Pierre Valdagne (Vaudeville), in-18 . . . . 1 50

LA MAISON DES DEUX BARBEAUX, comédie en 3 actes, par A. Theuriet et H. Lyon (Odéon), in-18 . . . 2 fr.

TROP VERTS ! proverbe en un acte, en vers, par Marcel Ballot, in-18 1 50

DANS UNE LOGE, comédie en un acte, par Ludovic Denis de Lagarde (Déjazet), in-18 . . . . 1 50

ENTRE AMIS, comédie en un acte, par Ludovic Denis de Lagarde (Gymnase), in-18 . . . . 2 fr.

LE MARIAGE A LA COURSE, saynète en un acte, par Pierre Decourcelle, in-18 . . . . 1 fr. »

MON FILS, pièce en trois actes, en vers, par Emile Guiard (Odéon), in-8 . . . . 3 50

MADELEINE, pièce en quatre actes dont un prologue, par R. du Pontavice de Heussey, in-18 . . . . . . 2 fr. »

AU MONT-IDA, comédie en un acte, par Philippe de Massa, in-18 . . . 1 50

LE BAIN DE LA MARIÉE, comédie en un acte par G. Astruc et P. Soulaine (Palais-Royal) in-18 . 1 fr. 50

PRÊTE-MOI TA FEMME, comédie en deux actes, en prose, par Maurice Desvallières (Palais-Royal), in-18 . . . . 1 50

LE PRÉTEXTE, comédie en un acte, en prose, par Jules Legoux (Vaudeville), in-18 . . . . 1 50

LA COMTESSE SARAH, pièce en cinq actes, par Georges Ohnet (Gymnase), in-18 . . . . 2 »

SERGE PANINE, pièce en cinq actes, par Georges Ohnet (Gymnase), in-18 . . . . 2 fr.

LE MAITRE DE FORGES, pièce en quatre actes et cinq tableaux, par Georges Ohnet (Gymnase), in-18. 2 fr.

LA GRANDE MARNIÈRE, drame en huit tableaux, par Georges Ohnet (Porte-Saint-Martin). in-18 . . . . 2 »

SMILIS, drame en quatre actes, en prose, par Jean Aicard (Comédie-Française), in-18 . . . . . . 2 fr.

UN CRANE SOUS UNE TEMPÊTE, saynète par Abraham Dreyfus (Gaîté), in-18 . . . . 1 fr.

L'ASSASSIN, comédie en un acte, par Edmond About (Gymnase), in-18 1 50

UNE MATINÉE DE CONTRAT, comédie en un acte, par Maurice Desvallières (Comédie-Française) . . 1 50

L'HÉRITIÈRE, comédie en un acte, en prose, par E. Morand (Comédie-Française), in-18 . . . . . . 1 50

UN FÉTICHE, comédie en un acte, par Eugène Hugot (Palais-Royal), in-18 . . . . 1 50

BIGOUDIS, comédie en un acte d'Ernest d'Hervilly (Gymnase), in-18 . . 1 50

LA BONNE AVENTURE, opéra-bouffe en trois actes, par Emile de Najac et Henri Bocage, musique d'Emile Jonas (Renaissance), in-18 . . 1 fr. 50

LES CONVICTIONS DE PAPA, comédie en un acte, par E. Gondinet (Palais-Royal et Gymnase), in-18 . . 1 50

DIVORCÉS ! comédie en un acte et en vers, par L. Cressonnois et Ch. Samson, in-18 . . . . 1 fr.

POUR DIVORCER, comédie en un acte, par Victor Dubron, in-18 . . . 1 50

L'AGNEAU SANS TACHE, comédie en un acte, en prose, par Armand Ephraïm et Adolphe Aderer (Odéon), in-18 . . . . 1 fr. 50

LA GIFLE, comédie en un acte, par Abraham Dreyfus (Palais-Royal), in-18 . . . . 1 50

HAMLET, drame en vers, en cinq actes et onze tableaux, d'après William Shakespeare, par MM. Lucien Cressonnois et Ch. Samson (Porte Saint-Martin), in-18 . . . . 2 fr. »

COMÉDIES EN UN ACTE, par Ernest Legouvé, de l'Académie française, un vol. gr. in-18. — Prix . 3 f. 50

IMPRIMERIE GÉNÉRALE DE CHATILLON-SUR-SEINE. — A. PICHAT.

www.ingramcontent.com/pod-product-compliance
Ingram Content Group UK Ltd.
Pitfield, Milton Keynes, MK11 3LW, UK
UKHW021206220726
13924UKWH00003B/1362

9 782019 952310